De Cock en de dood in gebed

A.C. Baantjer

De Cock
en de dood in gebed

De Fontein

Eerste druk 2008
Tweede druk 2008

ISBN 978 90 261 2281 1
NUR 331

Ontwerp omslag: Hans Gordijn
Foto omslag: Hans Gordijn
Grafische verzorging: V3-Services, Baarn

1

Rechercheur De Cock van het aloude politiebureau aan de Amsterdamse Warmoesstraat leunde iets naar achteren in zijn stoel en keek peinzend omhoog naar een jonge politieman, die met zijn pet stijf onder zijn rechterarm geklemd en een verlegen lachje om zijn mond naast zijn bureau stond. Het was zo'n zeldzame, redelijk rustige dag geweest, waarop de oude rechercheur dossiers had doorgenomen en soms lange gedachten had gewijd aan opgeloste en onopgeloste zaken, dat de komst van de jonge diender hem had verrast.
Het gezicht van de agent kwam hem vaag bekend voor. De Cock was ervan overtuigd dat de jonge politieman bij zijn komst aan het politiebureau Warmoesstraat aan hem was voorgesteld, maar hij kon in de stoffige zolderkamer van zijn herinnering geen naam bij het gezicht vinden.
'Goedenavond,' sprak hij vriendelijk.
De jonge politieman grijnsde breed.
'Goedenavond. Ik ben Van Gendt... Jan van Gendt.'
De Cock glimlachte onwillekeurig bij het horen van die naam en schoof zijn onderlip iets naar voren.
'Een mooie naam,' sprak hij met een twinkeling in zijn ogen. 'Ligt goed in het gehoor. Een beetje stoer.' Hij zweeg even. 'Gend met een d of een t?'
'Met dt.'
De Cock glimlachte nog eens en begreep dat hij geen flauwe toespeling moest maken op de grote vogel, de jan-van-gent, die over de Noordzee trekt.
'Toe maar... het kan niet op.'
De jonge diender legde zijn pet op het bureau van De Cock en tastte naar een zijzak van zijn tuniek. Hij nam daaruit een vuile injectiespuit met naald en legde die neer op het bureau voor de oude rechercheur.
De Cock trok een vies gezicht.

‘Wat moet ik met dat smerige apparaat?’
De jonge diender keek beduusd.
‘Ik dacht dat u die zaak behandelde.’
De Cock keek hem verwonderd aan.
‘Welke zaak?’
‘Van die junk, die ik een halfuurtje geleden heb binnengebracht.’
De oude rechercheur wees naar de stoel naast zijn bureau.
‘Ga er eens rustig bij zitten,’ sprak hij innemend.
Vledder, de jonge collega van De Cock, die druk bezig was aan zijn computer, gaf zijn dansende vingers even pauze en keek vragend op naar De Cock, maar zijn oude leermeester gaf met een kort hoofdschudden te kennen dat hij door kon gaan. Dat was voor Vledder voldoende om te besluiten de recherchekamer te verlaten. Hoe kon hij ongestoord werken wanneer zijn leermeester naast hem in gesprek was?
‘Jij hebt een junk binnengebracht?’ vervolgde De Cock.
De jonge diender nam plaats en knikte.
‘Verdacht van beroving... volgens mij een pure beroving met geweld. Die junk heeft in de Oudekennissteeg bij de Achterburgwal een Engelse toerist aangesproken en hem al zijn geld afgenomen.’
De Cock fronste zijn wenkbrauwen.
‘Zomaar?’
De diender wees naar de smerige injectienaald en schudde zijn hoofd.
‘Niet zomaar. Zeker niet. Hij heeft tegen die Engelsman gezegd dat hij al jaren ziek was... aids... en dat hij hem met die besmette spuit zou prikken als hij niet onmiddellijk al zijn geld gaf.’
‘En dat gaf die Engelsman?’
Jan van Gendt knikte.
‘Die Engelsman was doodsbang dat de junk hem werkelijk met die vuile naald zou prikken. Hij deed zelfs vrijwillig zijn horloge voor hem af.’
De Cock keek hem schuins aan.
‘Waar is het wezenlijke geweld?’
Van Gendt reageerde verwonderd.

‘Vindt u het geen wezenlijk geweld?’ riep hij zichtbaar geëmotioneerd.
‘Nee.’
‘Als iemand met een verschrikkelijke, zeg maar dodelijke ziekte wordt bedreigd?’
De Cock wuifde de opmerking weg.
‘We houden het voorlopig,’ sprak hij rustig, ‘op diefstal onder bedreiging met geweld. Dat is al ernstig genoeg.’ Hij wees naar Van Gendt. ‘Hoe ben jij als diender bij deze zaak betrokken geraakt?’
Van Gendt duimde over zijn schouder.
‘Ik surveilleerde op de Wallen in de buurt van de Barndesteeg toen die Engelsman naar me toe kwam en vertelde wat hem was overkomen.’
‘In het Engels?’
De jonge agent keek hem vreemd aan.
‘Ja,’ riep hij geprikkeld. ‘Niet in het Hooghaarlemmerdijks. Een Engelsman verwacht dat iedereen in Amsterdam Engels spreekt en verstaat.’
De Cock grinnikte.
‘En toen?’
‘Toen ben ik met die geschrokken Engelsman teruggegaan naar de Oudekennissteeg. Tot mijn verrassing was die junk daar nog steeds.’
‘Daar heb je hem gearresteerd?’
‘Inderdaad.’
‘Daarna heb je hem die spuit afgenomen en hem meegenomen naar het bureau.’
‘Precies.’
De Cock schudde afkeurend zijn hoofd.
‘Dat moet je nooit meer zo doen,’ sprak de oude rechercheur vaderlijk.
Jan van Gendt reageerde verrast.
‘Deed ik iets verkeerds?’
De Cock antwoordde niet. Hij trok een lade van zijn bureau open, nam daaruit een schoon kurkje en drukte dat kurkje heel zorgvuldig op de punt van de naald van de injectiespuit.

Daarna deed hij opnieuw een greep in de lade van zijn bureau en legde een paar kurkjes voor de jonge diender neer.
'Die moet je altijd bij je hebben,' sprak hij ernstig. 'Stop ze maar in je zak. Denk eraan en wees voorzichtig met die smerige injectiespuiten. Ze zijn levensgevaarlijk. Als je je per ongeluk aan zo'n spuit prikt... geloof me, je hebt zo een besmetting met hepatitis B* of aids te pakken. En dan ben je niet de eerste diender die op die manier in het ziekenhuis belandt.'
De oude rechercheur blikte opzij en keek Jan van Gendt lodderig en met gespeelde bezorgdheid aan. 'We willen jou bij de politie nog niet kwijt,' sprak hij breed grijnzend. 'En aan een dooie diender hebben we niets.'
Van Gendt grinnikte.
'Een dooie diender. Volgens mij,' reageerde hij vrolijk lachend, 'leven er in ons koele kikkerlandje nog heel veel "dooie dienders".'
De Cock schudde zijn hoofd.
'Niet bij ons aan de Warmoesstraat.'
Jan van Gendt stak de kurkjes in een zijzak van zijn tuniek. 'Ik zal er de volgende keer aan denken.' Hij kwam van zijn stoel overeind. 'Moet ik die junk bij u boven brengen voor het verhoor?'
De Cock knikte.
'Doe maar... voor die vent afkickverschijnselen krijgt, want dan is hij voorlopig niet meer aanspreekbaar.'

De Cock bezag de jongeman, die op de stoel naast zijn bureau had plaatsgenomen, scherp onderzoekend. Hij had een smal, bleek gezicht met iets oplopende jukbeenderen en vervuild rossig haar. Zijn lichtgroene ogen lagen heel diep in de kassen verzonken.
Om zijn magere lijf slobberde een versleten jack met gaten aan de mouwen en de spijkerbroek die hij droeg had rafels aan de pijpen. Zijn blote voeten staken in een paar afgetrapte gympen.
De oude rechercheur schatte hem op voor in de dertig, maar bedacht dat hij vermoedelijk jonger was. Overmatig gebruik van drugs had zijn gelaat getekend.
De jongeman keek hem vijandig aan.

* Een ernstige leverziekte.

'Jij... eh, jij houdt mij hier vast?'
De Cock gebaarde achteloos.
'Het is gebruikelijk dat ik daarover overleg pleeg met mijn commissaris, maar ik neem wel aan dat u hier voorlopig blijft.'
De jongeman reageerde nors.
'Ik ben ziek. Ik moet naar een dokter.'
De Cock knikte traag.
'Ik zal straks een dokter voor u laten komen,' reageerde hij kalm. Hij boog zich iets naar de jongen toe. 'U hebt aan die agent opgegeven dat uw juiste naam Laurens van der Dungen is... klopt dat?'
De jongeman knikte.
'Dat klopt.'
'Hoe oud bent u?'
'Tweeëntwintig.'
De Cock wees naar de injectiespuit voor zich op zijn bureau.
'Dat is uw eigendom?'
'Die moet ik terug.'
De Cock schudde zijn hoofd.
'Ik neem dat ding van u in beslag. U hebt met gebruikmaking van deze injectiespuit een ernstig misdrijf gepleegd. Bovendien kunt u in de toekomst beter niet van die ouderwetse spuiten gebruiken.'
Laurens van der Dungen snoof.
'Dat maak ik zelf wel uit. Ik wil die spuit terug. Ik ben aan dat ding gewend.'
De Cock negeerde de opmerking.
'Hoelang bent u al verslaafd?'
Van der Dungen grijnsde.
'Zo lang ik me kan herinneren. Het lijken me eeuwen... eeuwen van scoren, van sappelen. Ik zat nog op school toen ik mijn eerste shotje nam.'
'Bent u inderdaad ziek... ik bedoel, hebt u aids, zoals u die Engelsman voorspiegelde?'
Van der Dungen trok zijn schouders op.
'Dat weet ik niet,' riep hij geprikkeld. 'En ik wil het ook niet weten. Ik weet alleen dat iedereen doodsbenauwd voor die ziekte is.'
De Cock keek hem strak aan.

'Hebt u daarom tegen die Engelsman gezegd dat u aids had en dreigde u daarom hem met die naald te prikken?'
Laurens van der Dungen verschoof iets op zijn stoel.
'Ik had poen nodig,' antwoordde hij onverschillig. Hij gebaarde ineens heftig en veranderde van toon. 'Wat moeten al die gore buitenlanders hier in de binnenstad van Amsterdam?' riep hij fel. 'Die komen hier toch alleen maar om spul te kopen voor hun eigen verslaving. Zij hebben geld genoeg en drijven de prijs op. Een shotje is tegenwoordig bijna niet meer te betalen.'
De Cock negeerde de opmerking.
'Buiten dat horloge... hoeveel geld hebt u die Engelsman afhandig gemaakt?'
Laurens schudde zijn hoofd.
'Dat weet ik niet. Ik ben nog niet in de gelegenheid geweest om het te tellen. Vraag het aan die agent, die heeft alles van me afgenomen.'
De Cock plukte aan het puntje van zijn neus.
'Hoe vaak hebt u al mensen beroofd onder bedreiging van die vieze spuit?'
Laurens liet zijn hoofd langzaam zakken en antwoordde niet.
De Cock keek enkele seconden naar zijn warrige kruin en vroeg zich af hoelang het geleden was dat de jongeman voor het laatst zijn hoofd had gewassen.
'Hoe vaak,' herhaalde hij dwingender, 'hebt u onder bedreiging van die injectiespuit mensen op straat van hun bezittingen beroofd?'
Laurens van der Dungen hief zijn hoofd en keek hem aan. In zijn ogen lag een verontschuldigende blik.
'Willemijn en ik hadden veel nodig.'
'Wie is Willemijn?'
'Mijn vriendin.'
'Ook verslaafd?' vroeg De Cock overbodig.
Laurens knikte.
'Niet door mij. Ze was al aan de drugs voor ik haar leerde kennen.'
'Willemijn, hoe heet ze verder?'
'Handgraaf. Willemijn Handgraaf. Haar vader is rijk, steenrijk. Hij woont prachtig, in Heemstede in een dure villa, maar hij

heeft geen hart in zijn lijf. Toen hij merkte dat Willemijn verslaafd was, heeft hij haar de deur uit gegooid.'
De Cock trok een bedenkelijk gezicht.
'Zo, zonder meer?'
Laurens zuchtte.
'Er was wel het een en ander gebeurd, je weet wel: studie afgebroken, kleine diefstalletjes gepleegd, spulletjes van thuis meegenomen en verpatst. Toen haar vader erachter kwam dat Willemijn op zijn naam geld van de bank had gehaald, was het uit... definitief.'
De Cock wreef over zijn kin.
'Tippelt ze?'
'Dat wil ze niet,' zei Laurens. 'Ik heb al ettelijke keren tegen haar gezegd: ga de baan op. Ze is een beeld van een meid, alles d'r op en d'r an, kan met haar lijf goud verdienen. Maar ze vertikt het. Ze zegt dat ze niet met vieze kerels in een auto wil knoeien. Maar dat betekent wel dat ik het alleen moet opknappen.'
De Cock schudde afkeurend zijn hoofd.
'Je mag een vrouw toch niet dwingen om in de prostitutie te stappen?'
Laurens reageerde verontwaardigd.
'Zij dwingt me wel om met gevaar voor mijn leven mannen te beroven. Als zij ging tippelen hoefde ik niet zo vaak op pad.'
De jongeman keek De Cock met zijn groene ogen smekend aan.
'Laat me gaan, rechercheur. Laat me ervoor zorgen dat Willemijn vanavond nog een shotje krijgt, anders... anders pleegt ze een moord.'
De Cock trok zijn wenkbrauwen samen.
'Een moord?'
Laurens knikte.
'Haar vader. Willemijn heeft nog een sleutel van de buitendeur van zijn villa in Heemstede. Dat weet hij niet. We hebben samen dikwijls over het bezit van die sleutel gesproken. Dat is het probleem. Ze wil per se dat ik bij hem inbreek. Ze weet waar haar vader zijn geld bewaart. Maar inbreken wil ik niet, niet bij haar vader. Hij is een machtig man.'
'Hoe bedoelt u?'

Laurens van der Dungen snoof.
'Als iemand veel geld heeft, heeft hij macht, dan kan hij mensen huren, opdrachten geven.' Hij trok zijn schouders op. 'Wie treurt er om een dode junk?'
De Cock keek hem schuins aan.
'U bent bang voor die macht?'
De jongen knikte heftig.
'Ik wil niet dat Willemijn haar rijke vader iets aandoet of hem belaagt. Dan ben ik ook mijn leven niet zeker. Haar vader weet dat Willemijn en ik samenleven. Maar ze dreigt steeds: *Ik zal die ouwe nog éénmaal vragen om iets aan mijn verslaving te doen... als hij weigert daar geld voor te geven... zegt hij nee... dan maak ik hem van kant.*'
'En dat meent ze?'
Laurens knikte heftig.
'Absoluut. Als ik haar niet met een shotje rustig hou, dan explodeert ze. Ze heeft al een tijdje niets gehad. Dat geld van die Engelsman was mijn laatste kans.'
Hij zuchtte diep.
'Als ik niet op tijd kom,' ging hij verder, 'ben ik bang dat Willemijn vandaag toeslaat.'
'Heeft ze middelen?'
'Wat bedoelt u?'
'Een vuurwapen, een mes?'
Plotseling vloog de deur van de grote recherchekamer open en stormde Vledder binnen. Zijn gezicht zag rood. Bij het bureau van De Cock bleef hij hijgend staan en wees naar Laurens van der Dungen.
'Hij moet maar zolang in de cel. Wij moeten samen onmiddellijk op pad.'
De oude rechercheur keek hem verstoord aan.
'Wat is er?' riep hij geprikkeld. 'Waar heb jij zo lang uitgehangen?'
Vledder steunde met zijn handen op het bureau van De Cock.
'In de Keizersgracht drijft een waterlijk.'
De Cock schudde grommend zijn hoofd.
'Daar zit ik niet op te wachten.'

Hij wendde zich weer tot Laurens van der Dungen.
'Waar is Willemijn nu?' vroeg hij vriendelijk.
'Thuis,' sprak Laurens met opgetrokken schouders. 'We hebben een appartementje, een zolderverdieping in de Pijp en...'
'Duur?'
De jonge Vledder leek door het gezapige optreden van De Cock te ploffen. Hij sloeg woest met zijn vuist op het blad van De Cocks bureau.
'Wat mankeert je in godsnaam?'
De Cock schudde rustig zijn hoofd.
'In godsnaam mankeer ik niets.'
Vledder zwaaide met zijn armen.
'Waarom spendeer je altijd zoveel tijd aan die junks?' vroeg hij met ingehouden woede. 'Hoeveel heb je er in de loop der jaren al verhoord? Honderden. Het is toch altijd hetzelfde! Kommer en kwel. Nooit eigen schuld. En waar doe je al dat werk voor? Voor tjoema.'
In een wild gebaar wees hij naar Laurens.
'Dat is een veelpleger, een gore, ellendige veelpleger. Ik word ziek van jouw soort.' Hij keek weer naar De Cock. 'Wie weet hoeveel berovingen hij in zijn korte leven al heeft gepleegd. En jij maar alles keurig optekenen in een ellenlang proces-verbaal. Dat mag ik dan weer uitwerken op mijn pc. En wat doet justitie daarna met die man en dat proces-verbaal? Niets! Geen kloot. Alles in het belang van het heilige seponeerbeleid.* Ongelezen in de prullenbak met al jouw zorgvuldige werk. Over enkele uren loopt die vent weer vrij op straat en pleegt de volgende beroving. En wat doe jij? Jij gaat weer rustig met zo'n vent aan de praat en schrijft je zoveelste proces-verbaal.'
De Cock zuchtte diep en bezag het beeld van de woedende Vledder. Met een geïrriteerde blik en hoofdbewegingen naar de junk probeerde hij hem te stoppen. Hij liet Laurens ophalen, omdat het geen zin had de junk op dit moment verder te verhoren.
Vledder stak zijn armen in wanhoop in de lucht en ging met een plof op zijn bureaustoel zitten.

* Seponeren: terzijde leggen, niet vervolgen.

Toen ze alleen waren, gaf De Cock rustig antwoord op de woedende tirade van Vledder.

'Ik ben niet verantwoordelijk,' sprak hij hoofdschuddend, 'voor het falende beleid van justitie. Ik ben verantwoordelijk voor mijn eigen werk, wat betekent dat ik op een menswaardige manier met mijn arrestanten omga en luister naar wat hun moeilijkheden zijn.'

Vledder snoof.

'Die moeilijkheden,' gromde hij, 'los jij niet op.'

De Cock knikte instemmend.

'Dat ben ik me bewust, en toch...'

De telefoon op zijn bureau rinkelde. Vledder reikte naar voren en greep wild naar het toestel.

De Cock keek naar het gezicht van zijn jonge collega en zag hoe zijn rood gezicht verbleekte. Na luttele seconden legde Vledder met halfopen mond de hoorn op het toestel terug. Uit zijn borst ontsnapte een diepe zucht.

'Dat was de wachtcommandant,' legde hij uit.

'En?'

'De Geneeskundige Dienst heeft dat lijk uit het water van de Keizersgracht opgevist en op de wallenkant gelegd. Het is een man, en een diender van de surveillancewagen ter plekke meldt dat de schoenveters van het waterlijk stevig aan elkaar vast zijn geknoopt.'

'Allemachtig.'

Vledder kneep zijn lippen opeen.

'De man is niet gewoon verzopen.'

De Cock schudde zijn hoofd.

'Dat riekt naar moord.'

2

De twee rechercheurs reden in hun oude Golf vanaf de glibberige houten steiger achter het politiebureau weg naar de Oudebrugsteeg en gingen vandaar rechtsaf de rijbaan van het Damrak op. Een fluweelzachte motregen daalde neer. Veelkleurige lichtreclames spiegelden speels in het natte asfalt. Kleverige regendruppels op de voorruit van de Golf belemmerden het uitzicht. Vledder deed de ruitenwissers aan en De Cock trok zijn hoedje over zijn ogen.
De oude rechercheur had een hekel aan die gestaag heen en weer zwiepende ruitenwissers. Hij had de onweerstaanbare neiging om de bewegingen van de wissers met zijn hoofd te volgen. Het was voor hem een bijna dwingende, hypnotische beleving, daarom vermeed hij het te kijken naar de ruitenwissers en liet zich ver onderuitzakken.
Vledder blikte bezorgd opzij; zijn stemming was omgeslagen.
'Problemen met de ruitenwissers?'
De Cock knikte.
'Zoals gewoonlijk. Ik heb daar een hekel aan.'
Vledder glimlachte.
'Wat doe je als je zelf achter het stuur zit en het begint te regenen?'
'Dan let ik op het verkeer en storen die ruitenwissers me niet.'
Vledder grijnsde.
'Ik vind het een vreemde afwijking.'
De Cock knikte gedwee.
'Ik heb er meer.'
Vledder lachte vrolijk.
'Zeker. Ik ken je langer dan vandaag. Wat heb je met je arrestant gedaan?'
'Die junk?'
'Ja.'
De Cock grijnsde breed.

'Wat een officier van justitie in zijn almachtige wijsheid kan... kan ik ook.'
'Je bedoelt?'
'Heenzenden.'
'Echt?'
De Cock knikte.
'Ik heb tegen onze wachtcommandant gezegd dat hij de arrestant zijn fouillering kon teruggeven en hem daarna mocht laten gaan.'
'Krijg je daar geen last mee?'
De Cock schudde zijn hoofd.
'Ik vermeld dat heenzenden van mijn arrestant heel duidelijk in het proces-verbaal... een proces-verbaal dat de officier van justitie seponeert... dat hij in een soort administratieve prullenbak smijt en toch niet leest.'
De ironie en de herhaling van zijn eigen beweringen ontging Vledder niet, maar daar wilde hij het niet meer over hebben.
'En onze commissaris?' vroeg hij.
De Cock grinnikte.
'Buitendam let nergens op. Die komt pas in actie om me te berispen als een of andere officier van justitie hem wakker schudt.'
'Heb je nog een dokter voor die jongen gewaarschuwd?'
De Cock schudde opnieuw zijn hoofd.
'Toen ik hem zei dat ik hem ogenblikkelijk in vrijheid zou stellen, had Laurens van der Dungen ineens geen dokter meer nodig.'
Vledder snoof.
'Allicht niet. Buiten zijn drugsverslaving mankeert hij ook niets.'
Ze reden een tijdje zwijgend voort. Het was Vledder die de stilte verbrak. Hij trok een denkrimpel in zijn voorhoofd.
'Heb je wel eens,' vroeg hij peinzend, 'terugblikkend op het verre verleden, een geval van een waterlijk behandeld waarbij de veters van de schoenen stevig aan elkaar waren gebonden?'
De Cock grinnikte droogjes.
'Nee. Het leven van een rechercheur aan de Warmoesstraat zit weliswaar vol verrassingen, maar dat van die schoenveters ben ik nog niet eerder tegengekomen.' Hij plukte even gniffelend

aan zijn neus. 'Wel heb ik van oude rechercheurs vaak het lachwekkende verhaal gehoord dat ze vroeger, als ze een waterlijk van het mannelijk geslacht vonden, vaak de gulp van zijn broek openmaakten.'
Vledder keek verwonderd opzij.
'Zijn gulp?' vroeg hij. 'Waarom?'
De Cock spreidde zijn handen.
'Dat moest dan als bewijs dienen voor het feit dat het slachtoffer halfbezopen aan rand van de gracht had staan pissen.'
'Staan pissen?'
De Cock knikte.
'Tijdens dat pissen zou hij dan in de gracht zijn gevallen en met zijn zatte kop zijn verdronken. De mogelijkheid dat de man door een misdrijf om het leven was gekomen, sloten ze op die manier uit. En daarmee bespaarden die oude rechercheurs zichzelf een hoop werk.'
'Niet te geloven,' sprak Vledder gniffelend.
De Cock tuitte zijn lippen.
'Die oude rechercheurs,' grinnikte hij, 'van wie ik in mijn jonge jaren nog uitgebreid les heb gekregen, vertelden vaak de wonderlijkste dingen. Wanneer bijvoorbeeld een lijk boven water kwam in een gracht die de scheiding vormde tussen twee districten, dan duwden ze het waterlijk naar de andere kant van de gracht.'
Vledder lachte.
'Dan waren zij ervanaf.'
'Precies.'
'Ongelofelijk.'
De Cock plukte aan zijn neus.
'Die oudjes beschikten in ieder geval over een uitgebreide trukendoos.'
'Dan heb je dat in elk geval van ze overgenomen, De Cock.'
De oude speurder reageerde niet.
Na een korte stilte vroeg Vledder:
'Wat denk je van die vastgeknoopte schoenveters?'
De Cock trok zijn schouders op.
'Het hoeft geen moord te zijn.'

'Wat dan?'
'Zelfmoord.'
Vledder blikte weer even opzij.
'Dan ga je uit van de veronderstelling dat het slachtoffer zelf zijn schoenveters aan elkaar heeft geknoopt voor hij in het water sprong?'
De Cock glimlachte.
'Ik geef toe dat dit niet erg waarschijnlijk klinkt. Maar het is een mogelijkheid. Ook zelfmoordenaars komen soms tot vreemd gedrag. Ongelofelijke capriolen. Ik kan je daar staaltjes van vertellen.'

Vanaf de Brouwersgracht reden ze de Keizersgracht op. Nog voor de Leliegracht stond aan de waterkant een wagen van de Geneeskundige Dienst met open deuren. Een surveillanceauto van de politie met blauw zwaailicht stond erachter.
Vledder parkeerde zijn Golf bijna tegen de bumper van de politiewagen.
De rechercheurs stapten uit. Een jonge diender liep op De Cock toe en wees naar het nog druipende lichaam van een man, dat aan de waterkant lag.
'Ik heb de wachtcommandant gevraagd of hij de meute wilde waarschuwen.'
'Jij dacht aan een misdrijf?'
'Ja. Die veters. Dat zinde me niet.'
'En?'
De diender schudde zijn hoofd.
'"Wacht maar op De Cock," zei hij.'
De oude rechercheur liet het licht van zijn zaklantaarn over het lichaam glijden. Hij liet het ovaal rusten op de gevouwen handen.
Vledder keek over zijn schouder mee.
'Hij ligt er vredig bij. Gevouwen handen op zijn borst. Het lijkt wel of hij daar aan de rand van de gracht devoot ligt te bidden.'
De Cock gromde.
'Daar is hij dan verrekte laat mee.'
'Hoe bedoel je?'
De Cock wuifde naar de hemel.

'Onze-Lieve-Heer heeft allang over hem geoordeeld: de hemel, de hel of het vagevuur. Hij zal hem wel ergens hebben ingedeeld.'
'Gaat dat zo snel?'
'Onze-Lieve-Heer beschikt over een gesloten feitenkennis, zonder lacunes. Gerechtelijke dwalingen zijn bij Hem uitgesloten. Bovendien had Hij de tijd. Ik schat dat deze heer al enige dagen dood is. Waterlijken hebben een paar dagen nodig om op te duiken.'
Vledder snoof. 'Als deze man tot zelfmoord had besloten, kon hij zijn handen toch hebben gevouwen op het moment dat hij in het vieze grachtenwater sprong... en meteen een vurig gebed hebben gepreveld voor een behouden landing?'
De Cock knikte. 'Dat kan, maar op het schrikmoment, het moment dat een mens het kille water van de gracht bereikt, blijven zijn handen niet gevouwen. Dat kan niet, dat is niet natuurlijk. Over zoveel wilskracht beschikt een normaal mens niet meer in zijn laatste momenten.'
Hij zweeg even en wees naar zijn schoenen.
'Om voor zijn dood ook nog even zijn veters los te knopen,' sprak hij bijna spottend, 'had hij blijkbaar geen tijd meer.'
Vledder blikte opzij. 'Wat ben je cynisch vanavond. Zo afstandelijk en kil. Zo ken ik je niet.'
'Ik heb vanaf het begin van mijn loopbaan bij de recherche al een hekel aan waterlijken,' mopperde De Cock.
'Waarom?'
'Er zitten altijd enige dagen tussen het moment van overlijden en het tijdstip dat men als rechercheur met het lijk wordt geconfronteerd. De waarheid is in de meeste gevallen moeilijk te achterhalen.'
De jonge rechercheur had naar de uitleg geluisterd; nu wees hij naar de gevouwen handen van de man.
'Dat is dus verdacht?' vroeg hij onzeker.
De Cock zuchtte diep.
'Voor mij wel. Ik geloof niet in de zelfmoord van een biddende man. Ik geloof ook niet in een ongeval. Deze man is vermoord.'
Vledder grijnsde. 'Rest ons de vraag: hoe?'

'Dat is voor mij voorlopig nog een raadsel. En dat raadsel wordt nog groter als blijkt dat hij water in zijn longen heeft.'
'Dan stierf hij een verdrinkingsdood,' concludeerde Vledder.
'Precies.'
Vledder keek De Cock van terzijde meesmuilend aan.
'Met stevig vastgebonden schoenveters en devoot gevouwen handen?'
De oude rechercheur streek met zijn hand langs zijn nek.
'Het lijkt onmogelijk.'
'En is dat ook, eh... onmogelijk?'
De Cock stak zijn kin iets omhoog, maar reageerde niet. Hij slofte van het slachtoffer weg naar de broeders bij de wagen van de Geneeskundige Dienst.
'Kunnen en willen jullie die dode man naar het sectielokaal op Westgaarde brengen?' vroeg hij vriendelijk.
De oudste broeder keek De Cock verwonderd aan.
'Deze wagen van de Geneeskundige Dienst heeft materiaal voor het opvissen van waterlijken uit grachten en kanalen. Voor transport is hij niet ingericht.' Hij zweeg en glimlachte kort. 'Maar als u de verantwoording neemt...' Hij maakte zijn zin niet af.
De Cock knikte bedaard.
'Die verantwoording neem ik. Wij rijden met onze Golf straks achter u aan,' zei hij, en vervolgens stapte hij naar de jonge diender.
'Laat de wachtcommandant de meute waarschuwen, niet voor deze plek op de Keizersgracht, maar het sectielokaal op Westgaarde. Daar hebben we genoeg licht om het slachtoffer nog eens goed te bekijken.'

Bram van Wielingen, de politiefotograaf, kwam met grote stappen het sectielokaal binnen. Hij zette zijn aluminium koffertje op de stenen vloer en liep op De Cock toe.
'Sinds wanneer breng je jouw slachtoffers direct naar Westgaarde?' vroeg hij opgewonden. 'Is de PD voor jou niet meer heilig?'
De Cock glimlachte. 'De plaats delict is voor mij nooit heilig geweest. Ik had op de Keizersgracht aan de rand van het water

naar mijn gevoel te weinig licht en de toestand van het waterlijk riep bij mij zoveel vragen op, dat het me beter leek om het rechtstreeks naar Westgaarde te brengen. Morgen moet hij hier toch onder het mes.'
Bram van Wielingen blikte om zich heen. 'Is Vledder niet hier?'
'Dacht je dat ik dit niet alleen af kon?'
Van Wielingen negeerde de opmerking. 'Waar heb je het lijk gelaten?'
De Cock wees. 'Daar, op die granieten sectietafel.'
Van Wielingen pakte zijn aluminium koffertje op en liep met hem mee. De fotograaf liet zijn blik over het lijk glijden.
'Hebben ze hem zo uit de gracht gevist?' vroeg hij verbaasd.
De Cock knikte.
'Met gevouwen handen?'
De Cock knikte opnieuw. 'En de veters van zijn schoenen zijn stevig aan elkaar geknoopt.'
Bram van Wielingen gromde. 'Verrek. Dat ben ik nooit eerder tegengekomen.'
'Ik ook niet.'
De fotograaf wees naar het lijk. 'Hij zit goed in het pak. Je moet eens kijken naar de coupe... de pasvorm. Dat is beslist geen confectie. Ondanks ettelijke dagen in het vieze water van de gracht ziet het er nog gaaf uit.'
De Cock glimlachte. 'Een man met geld?'
Van Wielingen trok zijn schouders op. 'Een duur kostuum,' antwoordde hij ontwijkend. 'Hoe oud schat je hem?'
'Dat kostuum?'
De fotograaf maakte een afwerend gebaar. 'Hè, klets niet. Die vent natuurlijk.'
De Cock schoof zijn onderlip vooruit. 'Achter in de veertig?'
Van Wielingen knikte instemmend. 'Weet je al wie hij is?'
De Cock schudde zijn hoofd. 'Vledder zou kijken of het slachtoffer papieren bij zich heeft, een portefeuille of zo. Ik weet niet of hij dat al heeft gedaan.'
Bram van Wielingen pakte zijn koffertje, nam daaruit zijn fraaie Hasselblad en monteerde een flitslicht.

'Ik zal vast een paar plaatjes maken.'
'Let vooral op de details,' vroeg De Cock. 'De geknoopte schoenveters en de gevouwen handen. Die beide zaken intrigeren me. Maak er vergrotingen van.'
De oude rechercheur draaide zich om. In de deuropening van het sectielokaal ontdekte hij dokter Den Koninghe. Achter hem torenden twee broeders van de Geneeskundige Dienst met hun onafscheidelijke brancard, klaar om het lijk na de sectie mee te nemen.
De grijze speurder liep blij op de oude lijkschouwer toe en begroette hem hartelijk. De Cock had een zwak voor de excentrieke dokter met zijn ouderwetse grijze slobkousen onder een deftige streepjesbroek, zijn stemmig zwarte jacquet en zijn verfomfaaide, groen uitgeslagen garibaldihoed.
'Hoe maakt u het?' vroeg hij uitbundig.
Dokter Den Koninghe zwaaide. 'Redelijk... alleszins redelijk,' riep hij vrolijk. 'Mijn pootje is eindelijk tot rust gekomen. De jicht plaagt me niet meer. Ik kan weer jaren mee.'
'Zo veel zullen er dat voor ons niet meer zijn,' antwoordde De Cock. Hij wees naar de broeders van de Geneeskundige Dienst.
'Die heren heb ik dit keer niet nodig. U kunt ze wegsturen. Het slachtoffer hoeft niet meer vervoerd te worden. Het blijft hier.'
De oude lijkschouwer schudde zijn hoofd.
'Ik stuur ze niet weg. Ik heb ze nodig. Er dienen zich in de loop van de avond nog wel een paar lijken aan. Met dat miezerige regenweer schijnen de mensen graag te sterven. En dan heb ik graag vervoer voor ze bij de hand.'
De Cock duwde Bram van Wielingen, die net het dode gelaat van het slachtoffer had geflitst, iets opzij en gebaarde naar het keurige waterlijk op de granieten snijtafel.
'Hebt u zoiets wel eens eerder gezien?'
Dokter Den Koninghe keek. 'Een waterlijk?'
De oude rechercheur wees naar de vastgeknoopte schoenveters en de gevouwen handen van het slachtoffer. 'Ik bedoel dit.'
Dokter Den Koninghe schudde verrast zijn hoofd. 'Nee... dat is niet normaal. Is die man zo uit de gracht gevist?'
'Ja.'

De lijkschouwer drukte even met zijn hand op de borst van het slachtoffer. 'Vreemd... volgens mij heeft hij ook water in zijn longen.'
'Verdronken.'
Dokter Den Koninghe keek omhoog naar De Cock.
'Dat is vermoedelijk wel de doodsoorzaak,' sprak hij raadselachtig. Hij zweeg even. 'Vraag morgen,' ging hij verder, 'aan de patholoog-anatoom of hij een monster van dat water neemt.'
De Cock keek hem met grote ogen aan. 'Waarom?'
'Dan kun je op het Gerechtelijk Laboratorium laten onderzoeken of dat water uit de longen overeenkomt met de samenstelling van het water van de gracht.'
De Cock kneep zijn ogen halfdicht.
'Dat is slim,' sprak hij bewonderend. 'Als het water uit de longen van het slachtoffer een andere samenstelling heeft dan het water van de Keizersgracht, dan kan hij ergens anders zijn verdronken en later met vastgebonden schoenveters en gevouwen handen in de gracht zijn gedumpt.' De grijze speurder knikte traag voor zich uit. 'Slim... dat is iets om over na te denken.'
Dokter Den Koninghe glimlachte. 'Ik heb als lijkschouwer in mijn leven al zoveel lijken gezien, dat ik in de loop der jaren bijna slimmer ben geworden dan de beste rechercheur.'
De Cock reageerde niet.
Met precieze bewegingen nam de dokter zijn bril af, pakte zijn witzijden pochet uit het borstzakje van zijn jacquet en poetste de glazen.
De Cock kende de bewegingen en wachtte geduldig tot de oude lijkschouwer zijn reeks van ceremoniële handelingen had voltooid.
Toen Den Koninghe zijn ronde brilletje weer had opgezet en zijn pochet keurig in het borstzakje van zijn jacquet had gedrapeerd, wees hij met een achteloos gebaar naar het slachtoffer op de granieten snijtafel.
'Hij is dood.'
De Cock gniffelde. 'U zegt het,' sprak hij zoet grijnzend. 'Het was me nog niet opgevallen.'

3

Toen rechercheur De Cock de volgende morgen opgewekt de grote recherchekamer binnenstapte, wierp hij met een sierlijke boog zijn oude vilten hoedje naar de kapstok. Toen zijn trouwe hoofddeksel trillend aan een van de haken bleef hangen, stak hij zijn armen triomfantelijk omhoog en grinnikte van plezier. De oude rechercheur deed daarna zijn verschoten regenjas uit, hing hem nonchalant op en slofte naar zijn bureau.
Zijn assistent Vledder zat gespannen en geconcentreerd achter het scherm van zijn computer. De lenige vingers van de jonge rechercheur dansten speels over het toetsenbord. Na ruim een minuut keek hij op. Zijn jonge gezicht stond ernstig.
'Je bent laat.'
Het klonk bestraffend.
De Cock blikte op zijn horloge.
'Ruim een halfuur,' gaf hij ruiterlijk toe.
Vledder schudde zijn hoofd.
'Je hoort hier om negen uur te zijn.'
De Cock glimlachte.
'Op de dag dat jij net zo oud bent als ik,' reageerde hij glunderend, 'kun jij je ook die vrijheid van zo nu en dan te laat komen permitteren. Zo'n halfuurtje is een privilege van de ouderdom.'
Vledder gromde.
'Het is gewoon gebrek aan discipline.'
De Cock lachte luid.
'Discipline... dat woord heeft de huidige generatie al jaren geleden als overbodig uit ons nationale woordenboek geschrapt.'
Vledder tikte geïrriteerd met zijn wijsvinger een paar maal op het blad van zijn bureau.
'Ik ben hier altijd op tijd. Dat hoort. Daarvoor heeft de overheid mij ingehuurd.'
De jonge rechercheur zweeg even.

‘Ik vond je gisteravond op de PD aan de Keizersgracht ook niet erg op dreef,’ sprak hij zeurderig. ‘Spottende opmerkingen over een dode ben ik van jou niet gewend en toen ik je vanaf Westgaarde op weg naar de Kit wilde vertellen wat ik in de kleding van het slachtoffer had aangetroffen, wuifde je mijn woorden weg. Je wilde het niet horen.’
De Cock knikte.
‘Ik wilde naar huis. Ik was het zat.’
Vledder grijnsde.
‘Je had meer belangstelling voor je glas chocolademelk thuis in de magnetron.’
De Cock spreidde zijn armen.
‘Je hebt gelijk,’ lachte hij vrolijk. ‘De warme chocolademelk was voor mij aanlokkelijker dan de perikelen rond het waterlijk.’
Vledder snoof.
‘Dat was te merken.’
De Cock boog zijn hoofd.
‘Zeur niet verder. Ik geef me gewonnen.’
De oude rechercheur trok zijn gezicht in een ernstige plooi.
‘Vertel het me nu maar,’ opende hij vriendelijk. ‘Wat had het slachtoffer bij zich?’
Vledder raadpleegde zijn notities en schudde zijn hoofd.
‘Het was zeker geen roofmoord,’ sprak hij met overtuiging. ‘Zeker niet. In zijn fraaie leren portefeuille zat ruim duizend euro aan contanten. Verder een creditcard, een goldcard van de Postbank, zijn giropas, zijn rijbewijs en zijn Nederlandse paspoort.’
‘Ten name van?’
‘Victor Handgraaf.’
De mond van De Cock zakte open.
‘Hoe?’
Vledder keek hem verwonderd aan.
‘Victor Handgraaf.’
De Cock stak zijn wijsvinger op.
‘Uit Heemstede?’
Vledder trok zijn schouders op.

'Dat weet ik niet. Zijn adres heb ik nog niet kunnen achterhalen. Ik vond het wel opmerkelijk dat nog niemand zijn vermissing heeft gemeld bij de politie. Hij staat niet gesignaleerd.'
'Heeft hij een strafblad?'
'Ook niet.'
De Cock dacht even na.
'Op zo'n creditcard staan meen ik vier nummers. Geef die aan de Postbank door. Bij dat nummer behoort buiten de naam ook zeker een adres. En op de giropas staat een rekeningnummer dat ons beslist verder kan helpen.'
De oude rechercheur stak ineens met een brede grijns op zijn gezicht zijn armen naar voren.
'Bovendien moeten zijn volledige naam en adres op zijn rijbewijs staan.'
Vledder klapte met zijn vlakke hand tegen zijn voorhoofd.
'Stom, ik heb nog niet naar dat rijbewijs gekeken.'
Met een kwade ruk trok hij een lade van zijn bureau open en pakte daaruit het nog doorweekte rijbewijs.
Verrast keek hij naar De Cock op.
'Die... eh, die Handgraaf,' stotterde hij, 'woont inderdaad in Heemstede. Ken je hem?'
De Cock schudde zijn hoofd.
'Nee. Natuurlijk niet. Dan had ik toch gisteren bij de confrontatie met het lijk onmiddellijk gezegd wie die man was.'
Vledder keek hem verward aan.
'Hoe kom je dan aan Heemstede?'
De Cock zuchtte.
'Die junk, die veelpleger die ik gisteravond naar jouw idee te uitgebreid verhoorde, vertelde dat hij samenwoonde met een verslaafde jonge vrouw, genaamd Willemijn Handgraaf. Haar vader is volgens hem een schatrijke man en woont in een prachtige villa in Heemstede.'
Vledder kneep zijn ogen halfdicht en trok een dramatisch gezicht.
'Dan moet dat waterlijk haar vader zijn,' steunde hij.
De Cock schoof zijn onderlip naar voren.
'Informeer eens of er meer mannen met de naam Handgraaf in Heemstede wonen.'

‘Dat zal ik doen, maar we kunnen er gerust van uitgaan dat het haar vader is.’
De Cock grinnikte.
‘Dan hebben we een probleem.’
‘Hoezo?’
‘Willemijn Handgraaf wilde haar vader vermoorden als hij niets aan haar verslaving deed.’
‘Wat? Vermoorden?’
De Cock glimlachte.
‘Victor Handgraaf had zijn dochter in verband met haar drugsverslaving uit huis gezet. Na een reeks diefstallen van huisraad en een poging om met een vervalste handtekening bij de bank geld van zijn rekening te plukken, vond hij het genoeg.’
Vledder boog zich iets naar voren.
‘Kunnen we die Willemijn als verdachte beschouwen, denk je?’
De Cock tuitte zijn lippen.
‘Het gaat me te ver om haar nu al een redelijk vermoeden van schuld* toe te dichten. Ze zal ons over haar uitlatingen tegen haar vriend moeten verklaren. Ze mag ons vertellen wat ze precies bedoelde.’
‘Heb je haar adres?’
‘Ik heb het adres van haar vriend en daar wonen ze samen.’
Vledder kwam half uit zijn stoel overeind.
‘Zullen we gaan?’
‘Waarheen?’
‘Naar dat adres.’
De Cock stak afwerend zijn hand op.
‘Wacht even. Niet zo haastig. Heb je al contact gehad met dokter Rusteloos?’
‘Ja. Daar ben ik vanmorgen mee begonnen.’
‘Hoe laat is de sectie?’
‘Vanmiddag om twee uur.’
‘Dan heb ik eerst nog een missie voor je,’ zei De Cock. ‘Voor je

* Criterium waaraan volgens het Wetboek van Strafvordering een verdachte moet voldoen.

naar Westgaarde gaat, moet je eerst een monster nemen van het water van de Keizersgracht.'
'Wat moet ik daarmee?'
De Cock wuifde de vraag weg.
'Geef dokter Rustcloos straks de opdracht, of beter, vraag het hem vriendelijk, om een monster te nemen van het water in de longen van Victor Handgraaf. Jij moet er daarna voor zorgen dat beide monsters met een duidelijke toelichting bij het Gerechtelijk Laboratorium in Rijswijk terechtkomen. Het lijkt me het beste dat je daarvoor de motordienst inschakelt.'
Vledder reageerde verbaasd.
'Waarom dat gedoe?'
De Cock trok een grimas.
'Dokter Den Koninghe, onze oude lijkschouwer, gaf me gisteravond een hint: die twee monsters zouden wel eens niet identiek kunnen zijn.'
Vledder keek zijn leermeester verrast aan.
'Handgraaf is toch in het water van de Keizersgracht verdronken?'
De Cock antwoordde niet.
Er werd op de deur van de grote recherchekamer geklopt. Vledder riep: 'Binnen!'
Het klonk niet vriendelijk.
De deur ging langzaam open en in de deuropening verscheen de gestalte van een brede, stevig gebouwde man. Kalm, met weloverwogen passen kwam hij naderbij.
Met zijn scherpe blik nam De Cock de man in zich op. Hij schatte hem op achter in de veertig. De man droeg een bruine trenchcoat met flappen op de schouders.
Onderweg naar het bureau van De Cock nam hij met een zwierig gebaar zijn regenhoedje af. Regendruppels kletterden op het balatum. De man had, zo constateerde De Cock, een regelmatig gevormd ovaal gezicht; iets getint. Vrij lang grijs golvend haar, een brede kin, een scherpe, spitse neus en opvallende lichtgroene ogen.
Bij het bureau van de grijze speurder bleef hij staan en liet zijn blik op de man daarachter rusten.

‘Bent u rechercheur De Cock?’
De oude rechercheur knikte.
‘Met uw welnemen. De Cock, met... eh, met ceeooceekaa.’
Hij wees voor zich uit naar Vledder.
‘Mijn onvolprezen jonge assistent. Hij deelt al mijn ambtelijke geheimen.’
De bezoeker keek van De Cock naar Vledder en terug.
‘Ik... eh, ik wilde even met u praten,’ begon hij wat onzeker. ‘Iemand zei me dat ik in het bureau Warmoesstraat het beste naar u kon vragen.’
De Cock wees naar de stoel naast zijn bureau.
‘Neemt u plaats.’
De man deed zijn regenjas uit, vouwde de natte buitenkant naar binnen, ging zitten en legde de jas over zijn knieën.
‘Ik ben Van Heusden... Arnold van Heusden, om precies te zijn,’ meldde hij plechtig. ‘Ik heb in de Oude Hoogstraat op nummer 412 een kleine sigarenwinkel.’
De Cock glimlachte.
‘Is daar nog wat mee te verdienen tegenwoordig?’
De heer Van Heusden schudde zijn hoofd.
‘Door allerlei schrikaanjagende campagnes over een te verwachten dood na het roken, wordt het aantal gebruikers van tabakswaren steeds kleiner. Bovendien worden rookwaren zo zwaar belast, dat steeds meer mensen hun rookbehoefte niet meer kunnen bekostigen.’
‘Geen vetpot dus?’
Van Heusden trok een grijns.
‘Om het hoofd boven water te houden verkoop ik er af en toe wat wiet bij.’ Hij krabde even achter in zijn nek. ‘Ik zal u niet vertellen waar ik dat spul vandaan haal, maar dat vormt tot nu toe geen probleem.’
De Cock spreidde zijn handen.
‘Ik zal u er niet naar vragen,’ reageerde hij vriendelijk. ‘Wat... eh, wat komt u mij wel vertellen?’
Arnold van Heusden verschoof iets op zijn stoel.
‘Met een van die wietgebruikers heb ik een min of meer vertrouwelijke relatie opgebouwd. Het is een aardige jongen,

waar geen kwaad bij zit. Ik wil ook niet dat hij in de problemen komt.'
De Cock keek de man onderzoekend aan.
'Is daar kans op?'
Op het gezicht van de man verscheen een pijnlijke trek.
'Je vraagt je af hoeveel weerstand zo'n jongen heeft. Wat kan die knaap verwerken? En, heel belangrijk, hoe groot is de verleiding?'
De Cock grinnikte.
'Wie is de verleider?'
'Verleidster.'
'Een vrouw?'
Arnold van Heusden knikte.
'Een jonge, aan de drugs verslaafde vrouw, dochter van een puissant rijke man in Heemstede.'
De Cock spitste zijn oren.
'Heemstede?'
'Ja.'
'Waarmee verleidt zij hem?'
'Geld.'
'Heeft ze dat?'
Van Heusden schudde zijn hoofd.
'Ik zei al, haar vader is stinkend rijk. Haar moeder is een paar jaar overleden en zij is enig kind.'
'En?'
'De dochter erft bij het overlijden van haar vader zijn gehele vermogen.'
De Cock kneep zijn ogen halfdicht.
'Met de consequentie dat het voor dochterlief aangenaam zou zijn als vader heel snel het leven liet.'
Arnold van Heusden knikte.
'Precies, u zegt het, heel snel. Ze heeft die jongen, van wie ik u sprak, vijftigduizend euro aangeboden om haar vader van kant te maken. Dat geld krijgt hij als zij na het overlijden van haar vader over zijn gehele vermogen kan beschikken.'
'Allemachtig.'
'Inderdaad. Het is om van te schrikken. Ik heb de jongeman

aangeraden om elk contact met die drugsverslaafde vrouw te mijden.'
'Lukt dat?'
Van Heusden trok een bedenkelijk gezicht.
'Ze laat hem vrijheden toe.'
'Zoals?'
'Welke vrijheden heeft een knappe jonge vrouw te bieden?' sprak Van Heusden glimlachend.
De Cock wreef met zijn vlakke hand over zijn brede gezicht. Daarna boog hij zich iets naar hem toe.
'Weet u ook de naam van die rijke vader?'
'Ja, hij heet Handgraaf, Victor Handgraaf, uit Heemstede.'
Hij zuchtte en schudde zijn hoofd.
'Ik wilde met dit verhaal niet naar de recherche. Ik heb geprobeerd om die man te bereiken. Ik wilde hem waarschuwen en vertellen dat zijn leven gevaar liep. Ik wilde aan hem de keus laten om aangifte tegen zijn dochter te doen.'
'En?'
De heer Van Heusden schudde opnieuw zijn hoofd.
'Het is me niet gelukt. Die Victor Handgraaf is, zo ben ik te weten gekomen, mede-eigenaar van een grote textielonderneming. Ik heb contact gezocht met dat bedrijf. De directeur met wie ik sprak, wist niet waar ik Handgraaf kon bereiken. Volgens de directeur was hij op zakenreis, vermoedelijk ergens in China.'
De Cock snoof.
'Moeilijk zoeken.'
Arnold van Heusden knikte.
'Mijn komst naar u hier in bureau Warmoesstraat is in feite een noodsprong. Ik wil voorkomen dat die jongen in moeilijkheden komt. Als hij voor de verleiding van die jonge verslaafde vrouw bezwijkt, betekent dat ongetwijfeld het einde.'
'Hoe bedoelt u?'
'Ik acht hem niet in staat om een eventuele moord ongemerkt en ongestraft uit te voeren.'
De Cock grimaste en trok zijn schouders op.
'Als ik iets tegen de dochter van die rijke Victor Handgraaf wil

ondernemen, dan zult u mij toch de naam van de door haar benaderde jonge wietgebruiker moeten noemen.'
Van Heusden schudde zijn hoofd.
'Dat doe ik niet,' riep hij geëmotioneerd. 'Dat kan ik niet doen. Tussen mij en die jongen bestaat een relatie van respect en vertrouwen. Ik kan dat niet schenden. U kunt me een ouderwetse moraalridder noemen, wat natuurlijk niet geheel klopt, maar ik heb zo mijn principes. Ik ga u de naam van die jongen niet prijsgeven. Absoluut niet. Ik ben dan mijn geloofwaardigheid kwijt.'
De Cock trok een bedenkelijk gezicht.
'Ik ben een rechercheur van politie. Ik moet een bewijsvoering opbouwen. Dat is mijn taak. Als ik met het verhaal dat u mij hebt geopenbaard, de dochter van die rijke man uit Heemstede benader en zij ontkent, dan is dat voor mij einde verhaal. Ik heb dan geen mogelijkheden meer om die jongedame onder druk te zetten.'
Arnold van Heusden stond op.
'Dat is uw probleem. Ik heb aan mijn verhaal niets toe te voegen.' Hij knikte naar De Cock.
De Cock wees naar de stoel naast zijn bureau.
'Gaat u weer zitten. Misschien kan ik u toch tot andere gedachten brengen.'
Arnold van Heusden nam weer plaats.
'Dat betwijfel ik.'
De Cock keek de man veelbetekenend aan, rechtte zijn rug en zweeg even voor het effect.
'Gisteravond hebben we het lijk van Victor Handgraaf uit het water van de Keizersgracht opgevist.'

4

Arnold van Heusden staarde van De Cock naar Vledder en terug. De mededeling van De Cock had hem zichtbaar getroffen. Zijn gezicht zag bleek en zijn adem stokte. Het duurde seconden voor hij reageerde.
'U... eh, u weet heel zeker,' vroeg hij zacht, weifelend, 'dat het slachtoffer... dat die drenkeling Victor Handgraaf is?'
De Cock trok zijn gezicht strak en knikte.
'Absoluut. De foto's in zijn paspoort en op zijn rijbewijs laten geen twijfel.'
Van Heusden kauwde even op zijn onderlip.
'Hoe... eh, hoelang heeft die man in het water van de gracht gelegen?'
De Cock maakte een schouderbeweging.
'Dat is achteraf moeilijk vast te stellen. Te veel factoren spelen daarbij een rol: de lichamelijke conditie van het slachtoffer, zat er weinig of geen lucht meer in zijn longen, heeft het lichaam ergens onder water aan iets vastgezeten, dat soort dingen. Op de bodem van de grachten ligt veel rommel, schroot... vooral oude fietsen.'
De oude rechercheur maakte een hulpeloos gebaar.
'Het is ook moeilijk te achterhalen waar het slachtoffer precies te water is geraakt. Doordat het water van de grachten 's nachts wordt gespuid, leggen drenkelingen in het grachtencircuit soms fikse afstanden af. Daarvan zijn frappante staaltjes bekend.'
De grijze speurder spreidde zijn handen.
'Over de tijd die een drenkeling te water is geweest bestaat maar één kans op een beetje zekerheid...' De Cock keek de man strak aan. 'Wanneer de dader ons vertelt waar en op welk tijdstip hij het slachtoffer in het water heeft geduwd.'
Van Heusden keek hem schuins aan.
'Is hij in het water geduwd?'
De Cock zuchtte diep.

'Tot ongenoegen van mijn jonge collega hier, Vledder, heb ik me gisteravond laten ontvallen dat ik een hekel heb aan waterlijken. Die aversie betrof niet het lijk van Victor Handgraaf in het bijzonder. Ik heb die afkeer al vanaf het begin van mijn loopbaan.'

Vledder vond dat zijn oude collega en leermeester wel te ver ging in persoonlijke ontboezemingen. Wat had dat er nou helemaal mee te maken? Hij vond dat je beter dicht bij je onderwerp kon blijven. Maar De Cock had al zo veel moorden opgelost in zijn lange loopbaan, gruwelijke en vreemde moorden, met de onbegrijpelijkste motieven; misschien had hij wel gelijk en kon een schijnbare afdwaling de concentratie van een dader verslappen. Datzelfde gold voor iemand tijdens een verhoor.

'Waarom zo'n afkeer?' vroeg Van Heusden.

De Cock grijnsde.

'Die antipathie is niet voor niets. Zoals ik al zei: bij waterlijken zijn er te veel onzekerheden, te weinig punten waar men zich als rechercheur aan vast kan klampen.'

Arnold van Heusden gniffelde.

'U weet dus niet hoe het slachtoffer te water is geraakt en waar?'

'Nee.'

'U weet ook niet of hij moedwillig in het water is geduwd met het opzettelijke doel om hem te laten verdrinken, of dat hij per ongeluk in het water is geraakt?'

'Nee.'

'U weet in feite maar heel weinig.'

De Cock knikte gelaten.

'Dat klopt.' De oude rechercheur glimlachte. 'Ik kan wellicht nog achterhalen of het slachtoffer de zwemkunst machtig was. Maar dat helpt me ook niet verder.'

Van Heusden legde zijn handen op het bureau van De Cock.

'Ik wil toch meer weten.'

De Cock maakte een hulpeloos gebaar.

'Op al die onzekere factoren hoop ik te zijner tijd een antwoord te krijgen van de dader.'

Arnold van Heusden gniffelde opnieuw.

'Wanneer u die hebt gevonden.'
'Juist.'
Van Heusden ging staan.
'Ik zal met mijn jonge vriend overleggen wat we zullen doen. Mogelijk openbaar ik u zijn naam zodra u de werkelijke dader hebt gearresteerd en er geen verdenking meer op hem kan vallen.'
Ook De Cock en Vledder kwamen uit hun stoel.
'Wanneer heeft uw jonge vriend u dat verhaal over het aanbod van de jonge verslaafde vrouw verteld?' vroeg Vledder.
'Gistermiddag.'
'En hoelang liep hij al met dat verhaal rond? Ik bedoel, van wanneer was dat contact tussen hem en die verslaafde jonge vrouw?'
'Dat weet ik niet.'
'Dat hebt u hem niet gevraagd?' In de stem van Vledder klonk achterdocht.
Van Heusden schudde zijn hoofd.
'Ik was door zijn verhaal zo getroffen, dat ik onmiddellijk heb geprobeerd die Victor Handgraaf te bereiken om hem te waarschuwen.'
'Dat heeft nu geen zin meer,' sprak De Cock snel, om Vledder te beduiden dat híj dit verhoor zelf deed.
Van Heusden trok zijn gezicht strak.
'Zijn dood heeft me verrast.'
De Cock aarzelde even en besloot verder te zwijgen. Hij liet zich in zijn stoel terugvallen.
Arnold van Heusden trok zijn natte trenchcoat aan, zette zijn regenhoedje op en verliet zonder te groeten de grote recherchekamer.
Vledder keek zijn oude leermeester aan, zijn ogen tot spleetjes samengeknepen.
'Fijne vent, die wietverkoper. En die speciale band met de junk zit me ook niet lekker. Dit is weer eens een harde noot voor ons om te kraken.'
De Cock knikte.
'Inderdaad. Hij neemt die jongen in bescherming. En dat is zijn goed recht.'

Vledder schudde zijn hoofd. 'Zonder een uitgebreide verklaring van de jonge vriend van Van Heusden kunnen we weinig tegen dat meisje Handgraaf ondernemen.'
De jonge rechercheur grinnikte.
'We kunnen Willemijn zelf vragen of ze de jongeman kent aan wie ze zo'n grote beloning voor het vermoorden van haar vader heeft beloofd.'
De Cock keek hem verwonderd aan.
'Dat meen je toch niet?'
Vledder lachte.
'Het was een grapje. Maar we kunnen toch speculeren op de stommiteit van Willemijn Handgraaf.'
De Cock schudde zijn hoofd. 'Een onzinnige speculatie.'
De grijze speurder blikte omhoog naar de grote klok boven de toegangsdeur van de recherchekamer.
'Ik zou maar vast op pad gaan,' raadde hij Vledder aan. 'Denk om dat watermonster uit de gracht en zorg ervoor dat je op tijd op Westgaarde bent. Je kunt dokter Rusteloos niet laten wachten.'
Vledder spreidde zijn handen.
'Hoe doe ik dat... een watermonster uit de Keizersgracht halen?'
De Cock keek hem verwijtend aan.
'Dick Vledder,' sprak hij vermanend, 'een beetje eigen initiatief, is dat te veel gevraagd? Gebruik je hersens.'
De jonge rechercheur schudde zijn hoofd.
'Dit is nieuw voor mij. Ik heb nog nooit een watermonster genomen.'
De Cock gromde.
'Hè hè, heb je geen opleiding genoten, of leren ze je daar niet na te denken? Luister goed, jonge vriend, er liggen woonboten in de gracht. Als je daar op staat, ben je al dicht bij het water. En wil je het erg professioneel doen, dan schakel je de politie te water in.'
'Hoe bedoel je?' Vledder speelde de onnozele leerling.
De Cock grijnsde. 'Dan heb je aan boord van het politievaartuig beëdigde getuigen om je heen en kun je een fraai proces-verbaal

opmaken waarin je uiterst precies de plek aangeeft waar en het tijdstip waarop je het watermonster hebt genomen.'
'Moet dat zo?' Vledder lachte.
De Cock wuifde de vraag weg en meteen keek hij naar de deur. Een wat gezette man was zonder te kloppen binnengekomen en liep met driftige stappen door de grote recherchekamer. De man liep tegen de vijftig, schatte De Cock. Hij droeg een doorschijnende plastic regenjas met capuchon. Daaronder glansde een rood, bolrond gezicht.
Vledder keek nieuwsgierig naar de man en daarna naar De Cock, om te zien of die reageerde op het potsierlijke beeld.
'Zal ik blijven?' vroeg hij met een nauwelijks ingehouden lach.
De Cock wees naar de deur. 'Ga nu maar,' antwoordde hij wrevelig, maar zo zacht dat de net binnengekomen man het niet zou horen. 'Die vent vreet me niet op.'
De man bleef bij het bureau van De Cock staan en schudde zijn hoofd.
'Ik ben geen kannibaal,' sprak hij met enige stemverheffing. 'Ik kom hier niet om iemand op te vreten.'
De oude rechercheur plooide zijn gezicht in een innemende glimlach.
'Uw gehoor is goed,' reageerde hij vriendelijk. 'De tekst was niet voor u bestemd.'
De man duimde over zijn schouder. 'In de ogen van de vertrekkende jongeman lag een bezorgde blik.'
De Cock knikte, al begreep hij dat Vledder in het geheel niet zorgelijk had gekeken.
'De huidige rechercheurs,' grapte hij, 'leiden een zorgelijk bestaan.'
De man wees naar de stoel naast het bureau van de grijze speurder. 'Kan ik daar gaan zitten?'
De Cock wees uitnodigend. 'Neemt u plaats.'
De man glimlachte. 'U bent de fameuze rechercheur De Cock, met... eh, met ceeooceekaa?'
De oude rechercheur maakte een afwerend gebaar. 'Dat "fameuze" is uw toevoeging. Verder bent u goed geïnformeerd.'
De man nam een kleine pauze. 'Wij hebben zo'n uurtje gele-

den tijdens een directievergadering besloten om bij u in de Warmoesstraat de vermissing van Victor Handgraaf te melden.'
De Cock grijnsde.
'Wie zijn "wij" en wie bent u?'
De man maakte een verontschuldigend gebaar.
'Neemt u mij niet kwalijk. Mijn naam is Van Achterdiep, voornaam Derek. Tijdens de afwezigheid van Victor Handgraaf neem ik de honneurs waar. Ik heb dan de algehele leiding van de Handgraaf Foundation. Wij hebben ons kantoor op de Keizersgracht. Onze Foundation kent enige afdelingen waar namens Victor en mij, andere directeuren de scepter zwaaien. Dat zijn dan de "wij" naar wie u hebt gevraagd.'
De Cock glimlachte om de lange uiteenzetting. 'Waarom?'
'Wat bedoelt u?'
'Waarom die vergadering?'
'Gistermiddag werd ik gebeld door een man die me zei dat hij dringend Victor Handgraaf wilde spreken. Toen ik hem vroeg waarover dat gesprek zou gaan, weigerde hij me dat te vertellen. De man vroeg waar ik de heer Handgraaf kon bereiken. Het was, zo zei hij, een zaak van leven of dood.'
'En?'
De heer Van Achterdiep zuchtte.
'Ik vertelde de man naar waarheid dat ik niet wist waar onze directeur Handgraaf was te bereiken. Toen brak de man het gesprek af. Ik heb niet eens de gelegenheid gekregen om naar zijn naam te vragen.'
Van Achterdiep trok een bedenkelijk gezicht.
'Dat vreemde telefoontje heeft me de rest van de dag beziggehouden. Vooral de kreet *een zaak van leven of dood* bleef door mijn hoofd spoken. Thuis heb ik er met mijn vrouw over gesproken. Zij raadde me aan de recherche in te lichten. Ik wilde dat toch niet zonder ruggespraak doen.'
De Cock knikte begrijpend.
'Het is me duidelijk. Vandaar die vergadering met de directeuren.'
'Precies.'
'Wanneer hebt u voor het laatst contact met de heer Handgraaf gehad?'

'Ongeveer een week geleden.'
'Waar was dat?'
'Bij mij thuis.'
'Had u een afspraak met hem?'
Van Achterdiep schudde zijn hoofd.
'Hij kwam onaangekondigd. Voor Victor niet ongewoon. Hij volgde zijn impulsen. Hij vertelde mijn vrouw en mij dat hij van plan was om naar China te reizen. In het nieuwe China lagen volgens hem kansen voor onze Foundation. Hij wilde proberen om relaties aan te knopen. Victor Handgraaf is een ondernemend man... zeer energiek. Hij is de stichter van onze Foundation.' Er klonk bewondering in zijn stem.
De Cock ging verzitten en trok zijn schouders iets op.
'Heeft de heer Handgraaf niets gezegd over verbindingen... over mensen met wie hij contacten had... steden die hij dacht te bezoeken? Zomaar een tocht naar China te ondernemen lijkt me een dwaas avontuur.'
'Hij heeft nergens over uitgeweid, niets concreets verteld. Victor heeft alleen gezegd: "Ik ga naar China. Ik zie wel wat ik tegenkom. Je hoort nog van me."'
De Cock glimlachte. 'En u hebt niets gehoord?'
'Nee.'
De Cock sloeg zijn handen ineen. 'Victor Handgraaf zal hebben gedacht: *Audaces fortuna juvat*.'
Derek van Achterdiep keek hem verwonderd aan. 'Latijn?'
De Cock knikte onbewogen.
'Volgens de Latijnse dichter Vergilius is geluk met de stoutmoedigen. Maar zoals met vele oude spreuken... ze pakken wel eens anders uit.'
Van Achterdiep trok zijn gezicht in een ernstige plooi. Hij had geen behoefte aan humor op dit moment.
'We maken ons bij de Foundation ernstig zorgen om Victor,' sprak hij bedachtzaam. 'De heer Handgraaf was wel eens meer een paar dagen op pad, maar nam dan toch altijd met enige regelmaat contact met ons op.'
De Cock plukte aan zijn onderlip. 'Gehuwd?' vroeg hij luchtigjes.
'U bedoelt Victor?'

'Ja.'
Van Achterdiep schudde zijn hoofd. 'Dat is een drama. Zijn vrouw is twee jaar geleden overleden. Hij heeft één dochter, Willemijn. Daar is hij niet zo gelukkig mee. Het ging de verkeerde kant op en hij heeft haar het huis uit gezet.'
'Waarom?'
'Ze was verslaafd aan heroïne. Vooral na de dood van zijn vrouw, haar moeder, werd ze onhandelbaar.'
De Cock veranderde van onderwerp. Hij leunde iets naar achteren in zijn bureaustoel.
'Om terug te komen op de aanleiding van uw bezoek: u wilt hier de *opsporing verblijfplaats* van de heer Handgraaf verzoeken?'
'Heet dat zo?'
De Cock knikte en nam een kleine pauze.
'Had de heer Handgraaf vijanden?'
Van Achterdiep maakte een schouderbeweging.
'Iedere succesvolle man heeft vijanden,' sprak hij achteloos. 'In de zakenwereld neemt men wel eens belangrijke beslissingen die voor anderen een ongunstige uitwerking hebben. Dat kweekt soms achterdocht... gevoelens van rancune... haat... wrok... vijandschap. Dat is onvermijdelijk. Wie voor die gevoelens terugdeinst boekt geen succes.'
Ineens veranderde de gezichtsuitdrukking van Derek van Achterdiep. Er kwamen denkrimpels in zijn voorhoofd en zijn mond vormde een strakke lijn.
'Wilt u uw vorige vraagstelling nog eens herhalen?' vroeg hij scherp.
De Cock veinsde onbegrip. 'Welke vraag?'
De heer Van Achterdiep stak zijn wijsvinger naar hem uit. 'U vroeg: *had* de heer Handgraaf vijanden?'
'Ja, dat vroeg ik.'
'Die vraagstelling is juist?'
De Cock knikte traag. Hij boog zich naar voren en trok een lade van zijn bureau open. Daaruit pakte hij een van de foto's die Bram van Wielingen van het slachtoffer had genomen. Langzaam schoof hij de foto over zijn bureau naar Van Achterdiep toe.

'Herkent u hem?' Hij monsterde het gezicht van de man.
Derek van Achterdiep sloeg een hand voor zijn gezicht.
'Vi... Victor,' stamelde hij, 'Victor Handgraaf. Wat... eh, wat is er met hem gebeurd?'
Met de vingertoppen van zijn bevende rechterhand beroerde hij de foto.
'Wat ligt hij er raar bij... met gevouwen handen.'
De Cock trok de foto weer naar zich toe. 'We hebben hem precies zoals hij daar ligt uit het water van de Keizersgracht opgevist.'
Van Achterdiep slikte. 'Verdronken?' vroeg hij zacht.
De Cock knikte traag. 'Daar gaan we van uit.'
'Dat weet u nog niet zeker?'
De Cock schudde zijn hoofd. Hij blikte kort op zijn horloge.
'Op dit moment pleegt dokter Rusteloos een gerechtelijke sectie op zijn lichaam. Hij zal de uiteindelijke doodsoorzaak vaststellen.'
De heer Van Achterdiep keek De Cock met een gepijnigde blik aan.
'Wat denkt u? Hebt u enig idee...'
'Waarvan?'
Derek van Achterdiep boog zich iets naar hem toe.
'...over hoe Victor Handgraaf aan zijn einde kwam?'
De oude rechercheur trok zijn kin iets omhoog. Wat nu moest volgen was altijd moeilijk om te vertellen.
'Volgens mij,' sprak hij traag, met gedragen stem. 'Volgens mij werd hij vermoord.'
Van Achterdiep keek hem gespannen aan. 'Vermoord?'
'Ja.'
'Dat weet u zeker?' Weer sloeg de man zijn hand voor zijn gezicht, een gebaar van puur ongeloof.
'Vrijwel,' was het korte antwoord van De Cock.
Derek van Achterdiep sloot even zijn ogen. Om zijn lippen gleed een smartelijke trek.
'Cornelis Grijpskerk... heeft hij het toch gedaan.'

5

Vledder kwam vrolijk fluitend de grote recherchekamer binnen. Hij blikte even om zich heen en hing zijn zwartleren jack aan de kapstok. Daarna stapte hij verder de kamer in en ging tegenover De Cock achter zijn bureau zitten. Voorzichtig schoof hij het scherm van zijn computer iets opzij voor een beter uitzicht op zijn collega.
'Is die holle bolle Gijs al vertrokken?' vroeg hij lachend.
De grijze speurder keek hem niet-begrijpend aan.
'Holle bolle Gijs?'
Vledder knikte.
'Zo noem ik hem maar... die man met dat blozende bolronde gezicht in die belachelijke doorzichtige plastic regenjas die dreunend de recherchekamer binnenkwam op het moment dat ik zou weggaan.'
De Cock glimlachte.
'Die man is geen holle bolle Gijs. Die man heet voluit Derek van Achterdiep. Hij is een van de leidende directeuren van de Handgraaf Foundation aan de Keizersgracht.'
Vledder keek hem schuins aan.
'Is dat de onderneming van Victor Handgraaf, ons waterlijk?'
'Precies.'
'Wat kwam hij doen?'
'Een opsporing verblijfplaats verzoeken.'
Vledder grijnsde.
'Van die verdronken directeur.'
'Hoe raad je het?'
Vledder snoof.
'Dat ligt voor de hand. Ze zullen hem bij zijn bedrijf hebben gemist. Heb je hem verteld dat je de verblijfplaats van de vermiste al kende?'
De Cock schudde zijn hoofd.
'Niet onmiddellijk. Ik heb eerst naar wat achtergronden geïn-

formeerd. Volgens die Derek van Achterdiep was Handgraaf inderdaad van plan om voor zaken naar China te gaan. Hij zag in China mogelijkheden voor zijn Foundation. Vermoedelijk import van textiel en schoenen. Hij zal contacten in die richting hebben willen zoeken.'
'Wanneer werd men bij de Foundation ongerust?'
De Cock glimlachte.
'De heer Van Achterdiep raakte bezorgd over het welzijn van zijn mededirecteur door een telefoontje van een man die dringend met Handgraaf wilde spreken. Een zaak, zo zei die man, van leven of dood.'
Vledder knikte begrijpend.
'Het beruchte telefoontje van Arnold van Heusden.'
De Cock knikte.
'Ik heb de heer Derek van Achterdiep een van de fraaie foto's laten zien die Bram van Wielingen gisteravond op de gracht van het slachtoffer heeft genomen.'
'Hoe reageerde hij?'
'Geschokt. Ontdaan. Hij greep uit wanhoop naar zijn hoofd. Toen ik hem uiteindelijk vertelde dat ik de stellige overtuiging had dat Victor Handgraaf geen natuurlijke dood was gestorven, maar vrijwel zeker was vermoord, had hij voor mij onmiddellijk een kant-en-klare, absolute dader bij de hand.'
Vledder glimlachte.
'Lekker gemakkelijk.'
'Voor hem wel, maar voor ons een vraag. Hij noemde ene Cornelis Grijpskerk.'
'Wie is dat?'
De Cock maakte een armzwaai in de ruimte.
'Ook een directeur van de Handgraaf Foundation. Maar niet in de absolute top. Hij is manager van een kleine onderafdeling in Alkmaar.'
Vledder trok een bedenkelijk gezicht.
'Die man zou Handgraaf hebben vermoord?'
'Ja. Dat wist de heer Van Achterdiep heel zeker. Volgens hem bestond daarover geen enkele twijfel.'
'Hoe kwam hij bij die zekerheid?'

‘Het is allemaal een beetje vaag,’ antwoordde De Cock wat wrevelig. ‘Ik had er geen goed gevoel bij. Het overtuigde me absoluut niet. Volgens Derek van Achterdiep voelde Cornelis Grijpskerk zich... en dat voelt hij zich nog... door Victor Handgraaf vernederd en miskend... ondergewaardeerd. De functie van directeur van de kleine onderafdeling van de Foundation in Alkmaar vindt hij te gering en in strijd met eerder gemaakte afspraken.’
Vledder grinnikte.
‘Altijd hetzelfde gemopper. Dat is toch geen motief voor moord?’
‘Je hebt gelijk. Dat heb ik hem ook duidelijk gemaakt. Toch schijnt die Cornelis Grijpskerk een paar maal openlijk, ten overstaan van getuigen – andere personeelsleden van de Foundation – te hebben gedreigd om Victor Handgraaf van het leven te beroven als hij hem geen passender functie binnen de groep aanbood.’
Vledder hield zijn hoofd iets schuin.
‘Kende Handgraaf die doodsbedreigingen van Cornelis Grijpskerk?’
De Cock trok een bedenkelijk gezicht.
‘Volgens de heer Van Achterdiep was hij daarvan volledig op de hoogte. De bedreigingen zijn dikwijls onderwerp van gesprek geweest.’
Vledder spreidde zijn handen.
‘Waarom ontsloeg Victor Handgraaf die gevaarlijke man dan niet?’
De Cock maakte een hulpeloos gebaar.
‘Geen idee. Dat behoort voor ons tot nu toe tot de ondoorgrondelijkheden van die club. Derek van Achterdiep had het slachtoffer al een paar maal geadviseerd om Cornelis Grijpskerk te ontslaan... om hem zonder meer uit de Foundation te stoten, maar Handgraaf wilde dat besluit niet nemen.’
‘Vreemd, vind je niet.’
De Cock knikte.
‘Zeker vreemd. Ik heb natuurlijk ook naar de reden van dat advies gevraagd.’
‘En?’

'Niets. Handgraaf heeft steeds gezwegen. Nooit heeft hij zijn welwillendheid inzake Cornelis Grijpskerk gemotiveerd.'
De oude rechercheur wees naar de telefoon.
'Ik heb bij onze administratie ook navraag gedaan of er ooit aangifte is gedaan inzake die doodsbedreigingen van Cornelis Grijpskerk.'
'Kwam daar wat uit?'
De Cock schudde zijn hoofd.
'Cornelis Grijpskerk heeft een blanco strafregister.'
Vledder grijnsde.
'Wat kunnen we dan tegen die Grijpskerk ondernemen?'
De Cock trok zijn schouders op.
'Daar moet ik nog eens diep over nadenken,' sprak hij traag. 'Hij zal zich in ieder geval over de grond van zijn extreme uitlatingen moeten verklaren.'
'Je bedoelt het waarom van die bedreigingen met de dood.'
'Precies.'
De grijze speurder ging verzitten en veranderde van onderwerp.
'Vertel eens, hoe was de sectie?'
Vledder grijnsde breed.
'Ik heb een verrassing voor je.'
'Dat lijkt me stug,' sprak De Cock. 'Na al die jaren kan de uitslag van een gerechtelijke sectie mij niet meer verrassen.'
Vledder fronste zijn wenkbrauwen.
'Toch zal je ervan opkijken.'
'Nou, vertel op dan.'
Vledder zweeg even voor het effect.
'De vingers van beide handen van het slachtoffer zijn aan elkaar gelijmd.' Hij ging parmantig achterover zitten.
De Cock keek hem verbijsterd aan.
'Aan elkaar gelijmd?' vroeg hij ongelovig.
Vledder knikte.
'Met een soort secondelijm, van dat hele sterke spul. Dokter Rusteloos en ik hebben ook sporen van die lijm op het jasje van het slachtoffer teruggevonden.'
'Hoe kwamen jullie daar achter?'

Vledder tikte met zijn wijsvinger op zijn borst.
'Dokter Rusteloos wilde de gevouwen handen uit elkaar halen om het zwaardvormig borstbeen uit het lichaam van het slachtoffer te kunnen verwijderen.'
'Waarom ging dat niet?'
'Die gevouwen handen zaten in de weg, snap je,' verklaarde Vledder. 'Toen dokter Rusteloos de handen nader bekeek, ontdekte hij dat de vingers stevig aan elkaar waren gelijmd. We hebben het samen met kracht geprobeerd... ieder trekkend aan een arm... om de handen van elkaar te rukken. Dat lukte niet en we waren bang dat we het vel lostrokken.'
'En toen?'
Vledder zuchtte.
'We hebben nog overwogen om de handen van het lichaam te verwijderen... af te zagen. Dat hebben we maar niet gedaan.'
'Waarom niet?'
Vledder zwaaide.
'Uit piëteit, De Cock. Er zijn grenzen. Het leek ons voor de nabestaanden bij een confrontatie een verschrikkelijk gezicht... een dode zonder handen. Uiteindelijk heeft dokter Rusteloos de vingers stuk voor stuk met een lancet losgesneden.'
De Cock schoof zijn onderlip iets naar voren.
'Heftig.'
'Dat vond ik ook,' zei Vledder.
'Dokter Rusteloos heeft toch twee van de aan elkaar geplakte vingers van het slachtoffer verwijderd. Die gaat hij conserveren, zodat we de aanwezigheid van de contactlijm tussen de vingers gerechtelijk kunnen bewijzen. Na het beëindigden van de sectie heeft Rusteloos de handen weer keurig tegen elkaar gelegd.'
De jonge rechercheur zweeg even en schudde kort zijn hoofd bij de herinnering aan het macabere voorval. Hij zuchtte diep en kromde zijn rug.
'Ook de toch geroutineerde dokter Rusteloos,' ging hij zacht, bijna fluisterend verder, 'was heel even in de war. Hij had in zijn lange carrière als patholoog-anatoom nog nooit zoiets meegemaakt.'
De Cock wachtte geduldig tot Vledder weer enigszins tot zichzelf was gekomen.

'Wat heb je met de spullen gedaan?'
De jonge rechercheur keek op.
'Ik heb het jasje van het slachtoffer en de twee watermonsters na afloop van de sectie naar het Gerechtelijk Lab in Rijswijk laten brengen.'
De Cock schudde nadenkend zijn hoofd.
'Vastgebonden schoenveters,' sprak hij mijmerend, 'en aan elkaar gelijmde handen. Afschuwelijk. Een weloverwogen moord, daar is goed over nagedacht. Victor Handgraaf moest wel verzuipen, die man had geen schijn van kans.'
'Rusteloos wilde niet op de resultaten van het onderzoek van het Gerechtelijk Laboratorium vooruitlopen,' zei Vledder, 'maar volgens hem was de vloeistof in de longen van het slachtoffer gewoon leidingwater.'
De Cock keek hem verrast aan. 'Leidingwater?'
Vledder knikte. 'Volgens dokter Rusteloos. Hij heeft het me laten zien. Het was vrij helder. Niet vervuild.'
Uit de longen van De Cock ontsnapte een diepe zucht.
'Dan is Victor Handgraaf,' sprak hij grimmig, 'niet in een Amsterdamse gracht verdronken.'
'Maar elders,' voegde Vledder eraan toe.
De Cock knikte traag. 'Elders,' herhaalde hij.
Het klonk als een vloek.
De oude rechercheur staarde enige tijd zwijgend voor zich uit. Vledder keek naar hem en zag een vermoeide, kwetsbare oude man. Toch was dit een rechercheur van de oude stempel, een politieman in hart en nieren, gepokt en gemazeld in het vak. Zijn leermeester, en daar was hij trots op. Zou hijzelf een bijdrage kunnen leveren aan de oplossing van deze gruwelijke moord? Een waterlijk opgevist uit de Keizersgracht, met puur leidingwater in de longen...
De Cocks brede gezicht met de markante trekken leek te veranderen in een stalen masker. In de overvolle zolderkamer van zijn denkvermogen groeide de absolute wil om het mysterie van het vreemde waterlijk te ontrafelen.
Na enige tijd stond hij van zijn stoel op en slenterde naar de kapstok.

Vledder sprong overeind en kwam hem achterna. 'Waar ga je heen?'
De Cock keek over zijn schouder. 'Naar de Pijp.'

Op de houten steiger achter het politiebureau stapten ze in hun oude Golf en reden weg. De Cock blikte opzij naar Vledder, die achter het stuur zat.
'Ken je de Pijp?'
Vledder trok zijn schouders op.
'Denk je nou echt dat ik nog niets van de Amsterdamse binnenstad weet? Hoe vaak heb ik jou niet van hot naar her door Amsterdam gereden, bij weer en wind en bij nacht en ontij? Ik stuur altijd, weet je wel, en jij hangt als een zoutzak naast me. Meestal kijk je niet eens. Natuurlijk ken ik de Pijp, een min of meer befaamde Amsterdamse volksbuurt, meneer De Cock.'
'Heel goed, Dick Vledder,' antwoordde De Cock, omdat hij geen zin in een discussie had op dit moment. Vledder had gelijk, hij had hem zelf alle ins en outs van de stad leren kennen.
'Dus op naar de Pijp?'
De Cock knikte. 'Naar de Karel du Jardinstraat.'
Vledder snoof. 'Wat gaan we daar vinden?'
De Cock glimlachte. 'Op de zolder van nummer 517 woont Laurens van der Dungen.'
Vledder fronste zijn wenkbrauwen. 'Dat lekkere joch, die veelpleger?'
De Cock knikte. 'Ook zijn verslaafde vriendin Willemijn Handgraaf verblijft op dat adres.'
Vledder keek hem grijnzend aan.
'Gaan we haar arresteren voor moord... uitlokking daartoe?'
De Cock reageerde niet op die vraag.
'Weet je de Karel du Jardinstraat te vinden?'
'Nee, vertel het me maar, dan blijf je in elk geval wakker.'
'Leuk, Dick. Ik ben niet oud geworden in het recherchevak door te slapen, bedenk dat wel.' De Cock gebaarde grommend voor zich uit.
'Rij maar naar de Ceintuurbaan in de richting van het Sarphatipark. Voor het park ga je rechtsaf de Tweede Van der Helststraat

in... daarna even rechtdoor tot je links de Karel du Jardinstraat tegenkomt.'
'Als de gemeente Amsterdam de verkeerssituatie inmiddels niet weer eens heeft gewijzigd,' zei Vledder.
De Cock glimlachte. 'Dat doet ze al zolang als ik hier bij de politie ben.'

De bijna verveloze toegangsdeur van perceel 517 was gesloten. Door de klep van de brievenbus hing een touwtje. De Cock rukte eraan en de deur gleed van het slot. De oude rechercheur duwde de deur met zijn rechterknie verder open. Pal achter de deur begon een trap. De Cock trok zijn negentig kilo hijgend aan de vettige leuning omhoog. De treden van de houten trap kraakten onder zijn gewicht. Vledder beluisterde het kraken en volgde behoedzaam.
Op het smalle portaaltje van de tweede etage bleef De Cock even staan en bracht de cadans van zijn ademhaling weer wat op peil. Vledder wees omhoog.
'Moeten we nog verder?' Hij was bezorgd. Dit was eigenlijk geen doen voor De Cock.
De Cock knikte. 'Nog twee trappen. Even wachten... Hun appartementje is op de zolder, helemaal boven.'
Toen de rechercheurs de zolder hadden bereikt, bleven ze even weifelend staan. Het was er aardedonker. De Cock pakte zijn lantaarn uit de zak van zijn regenjas. Het ovaal van licht gleed over een planken deur, afgesloten met een simpel slot.
'Ze zijn er niet,' fluisterde Vledder.
Zwaar hijgend pakte De Cock uit zijn binnenzak het apparaatje dat hij eens van zijn vriend en ex-inbreker Handige Henkie had gekregen. Het was een koperen houder met daarin een keur van sleutelbladen. De ervaren rechercheur koos met kennersblik het juiste sleutelblad en binnen enkele seconden had hij het slot geopend. Hij duwde voorzichtig de gammele houten deur open en ging naar binnen. Uit een schuin zolderraam gleed wat avondlicht.
De Cock snoof een paar maal. In de ruimte hing een vreemde muffe geur. Een combinatie van zweet, zeik en wiet.

Tegen het schuine gedeelte van het dak stond een vervuild tweepersoonsbed bedekt met een laagje vodden. Toen De Cock wat van de lappen wegtrok, zag hij het fraai gevormde naakte lichaam van een slapende jonge vrouw. De oude rechercheur dekte haar weer gedeeltelijk toe. Daarna tikte hij een paar maal met de rug van zijn hand tegen haar wang.
Na een tijdje deed ze haar ogen open en keek hem verwilderd aan. Haar mond vormde een strakke lijn.
'Wie ben jij?' vroeg ze snauwerig.
De grijze speurder bracht zijn beminnelijkste glimlach.
'Mijn naam is De Cock... De Cock, met ceeooceekaa.' Hij duimde over zijn schouder. 'De jongeman hier is mijn collega Vledder. Wij zijn rechercheurs van het politiebureau in de Warmoesstraat.'
'Recherche?'
De Cock knikte. Hij wees achter zich naar een vierkante tafel met een paar stoelen.
'Als u zich aankleedt, dan kunnen we daar even met elkaar praten.'
Ze schudde haar hoofd. 'Ik blijf wel liggen.'
De Cock pakte een stoel, schoof die naast het bed en ging er op zitten.
Vledder bleef staan en bezag het tafereel. Zonde, dacht hij, zo'n mooi meisje in zo'n ellendig kot.
'Hoe is uw naam?' vroeg De Cock.
Het meisje grinnikte. 'Doet dat er iets toe?'
'Bent u Willemijn Handgraaf?'
'Je bent goed ingelicht.'
De Cock behield zijn goede humeur.
'U bent dus Willemijn Handgraaf, de jonge verslaafde vrouw die mensen heeft benaderd met het verzoek haar vader te vermoorden?'
Ze kwam met een ruk half overeind. Haar blote borsten trilden.
'Ik wilde zijn dood... ja,' reageerde ze scherp. 'Maar niet als een biddende priester opduikend uit het water van een of andere gore Amsterdamse gracht.'

6

De Cock nam een lange pauze om de woorden van Willemijn op zich te laten inwerken.
Vledder liet zich op een stoel zakken. Om daar maar te staan, in dat armetierige kamertje terwijl zijn oude leermeester een verslonsd, halfnaakt, maar beeldschoon meisje ondervroeg... Nee, hij voelde zich toch al te veel; hij moest zich koest houden, toekijken en wachten tot hij De Cock weer terug kon brengen naar de Kit.
Na enige tijd keek de oude rechercheur het meisje met een lach om zijn mond geamuseerd aan.
'Als een biddende priester,' herhaalde hij op reciterende toon, 'opduikend uit het gore water van een Amsterdamse gracht.' Hij zweeg even voor het effect. 'Het kon van Joost van den Vondel zijn.'
Toen spreidde de oude rechercheur zijn handen in onbegrip.
'Van wie hebt u dat beeld?'
Willemijn Handgraaf draaide haar hoofd iets weg.
'Derek van Achterdiep was hier vanmiddag,' antwoordde ze achteloos. 'Tot mijn stomme verbazing stond hij plotseling met zijn bolle kaaskop voor mijn bed. D'r komt hier nooit iemand.'
De Cock toonde verbazing.
'Wat kwam de heer Van Achterdiep doen?'
Willemijn wuifde vaag met haar hand en deed geen moeite haar lichaam te bedekken.
'Van Achterdiep kwam me condoleren met het verlies van mijn vader. Hij vertelde me dat het dode lichaam van mijn vader gisteravond uit het water van de Keizersgracht was opgevist.'
De Cock knikte.
'Dat klopt.'
'Hij zei dat hij bij de politie een foto van mijn vader te zien had gekregen... liggend op zijn rug aan de wallenkant... met gesloten ogen en devoot gevouwen handen op zijn borst.'

De Cock glimlachte.
'Vandaar uw beeld van een biddende priester.'
'Ja.'
Ze keek van De Cock weg, naar Vledder, die met een onbewogen gezicht aan de tafel zat. Zo nu en dan blikte hij om zich heen, alsof hij het interieur taxeerde, maar dan gleed zijn blik toch onwillekeurig weer naar het meisje in het bed. Even keek het meisje hem aan.
De Cock volgde haar blik en peilde haar gezicht... haar houding. Daarna boog hij zich iets naar haar toe.
'Ik krijg bepaald niet de indruk,' sprak hij hoofdschuddend, 'dat de plotselinge dood van uw vader u bijzonder heeft getroffen.'
Willemijn Handgraaf snoof.
'Wat verwacht je van me,' vroeg ze schamper, 'dat ik kapot ben van verdriet? Dat ik voortdurend in tranen moet uitbarsten?'
De Cock besloot op haar vraag niet in te gaan. Hij fronste zijn wenkbrauwen.
'Hoe wist Van Achterdiep u hier te vinden?'
'Hij had mijn adres.'
'Van wie?'
Willemijn draaide haar hoofd weer naar hem toe. Ze tikte op haar borst.
'Van mij. Ik heb het hem gegeven. Ik heb Derek van Achterdiep ongeveer een maand geleden opgezocht... thuis, bij zijn vrouw.'
'Waarom?'
Willemijn zuchtte.
'Ik kende oom Derek als een goede vriend van mijn vader. Toen mijn moeder nog leefde kwam hij regelmatig bij ons op bezoek. Ik wilde hem gebruiken.'
'Als wat?'
'Intermediair.'
'Waarvoor?'
'Pff.' Willemijn liet boos haar adem ontsnappen tussen haar getuite lippen door. 'Ik hoopte dat oom Derek ervoor kon zorgen dat mijn vader me weer volledig als zijn kind zou accepteren.'
De Cock keek haar vriendelijk verrast aan.
'Wilde je dat?'

Willemijn knikte heftig. Ze gebaarde driftig om zich heen en plukte met beide handen aan de vieze vodden om haar lijf.
'Dit... dit...' stamelde ze bedremmeld, 'dit is toch geen entourage? Kijk eens rond! Toch geen ambiance! Snuif en proef de stank om je heen. In dit bedroevende sfeertje zak ik steeds dieper in mijn verslaving. Ik rot hier gewoon weg tussen de vodden.'
De Cock gromde.
'Dat is toch je eigen keuze?'
Willemijn maakte kwaad een wegwerpgebaar in zijn richting.
'Eigen keuze?' snauwde ze verbitterd. 'Man, je snapt er geen klote van.'
'Waarvan?'
Willemijn zuchtte diep.
'Toen mijn moeder stierf voelde ik me verloren... hulpeloos verlaten. Ik kan je mijn gevoel van ellende niet beschrijven. Mijn moeder was een lieve, invoelende vrouw... erg toegankelijk. Met haar kon ik over mijzelf en mijn problemen praten. Mijn vader was het absolute tegendeel. Hij is een starre, rechtlijnig denkende man bij wie ik geen enkel gevoel van liefde of aanhankelijkheid vond. Ik heb de eenzaamheid na de dood van mijn moeder gewoon niet kunnen verdragen.'
De Cock wees met zijn uitgestoken hand naar haar.
'Toen ben je aan de drugs geraakt?'
Willemijn knikte.
'Van kwaad tot erger.'
'En toen schopte je vader je het huis uit.'
'Ook dat.'
De Cock trok zijn gezicht strak.
'Toen concludeerde je na enige tijd dat je vader voor jou in feite een obstakel vormde.'
Het meisje keek hem niet-begrijpend aan.
'Voor wie... voor wat?'
'Voor een mogelijke verlossing... een vlucht uit de kwellende band van je verslaving.'
Willemijn reageerde furieus.
'Een obstakel?' riep ze wild. 'Mijn vader een obstakel? Wat voor een obstakel? Ik wilde zijn geld. Alleen dat. Met geld zou ik de

verslaving van mij en Laurens kunnen reguleren en beheersen. Dat jatten en roven... dat voortdurend scoren sloopt Laurens. Die jongen gaat daar kapot aan... en ik wil hem niet kwijt.'
De Cock knikte begrijpend.
'Wie heb je benaderd om jouw vader te liquideren... hem te vermoorden? Aan wie heb je geld geboden uit jouw nalatenschap om die klus te klaren?'
Willemijn grinnikte grommend.
'Aan vrijwel alle jongens en mannen die ik in het circuit van verslaafden ken. En dat zijn er nogal wat. Een zielig legertje van uitschot, van verdoemden.'
'En?'
'Wat?'
'Is het gelukt?'
Willemijn Handgraaf schudde haar hoofd.
'Verslaafd zijn betekent niet dat je je hersens kwijtraakt, dat je niet meer nadenkt. Er was niemand die op mijn aanbod inging.'
De Cock toonde verbazing.
'Het was toch erg aanlokkelijk. Bijna niet te versmaden. Het bedrag dat je aanbood was toch hoog genoeg: vijftig- of honderdduizend euro.'
Willemijn keek hem onderzoekend aan.
'Heb je met zo'n jongen gesproken?'
De Cock negeerde de vraag.
'Hoe weet je,' vroeg hij dwingend, 'dat niemand op jouw aanbod inging?'
'Niemand vroeg om nadere inlichtingen,' sprak Willemijn grinnikend. 'Niemand ontvouwde een haalbaar moordplan om mijn verzoek uit te voeren. Er was ook niemand die me vroeg of de erfenis die ik kon verwachten hoog genoeg was om het beloofde bedrag uit te betalen.'
De Cock hield zijn hoofd iets schuin.
'Heb je een verklaring voor die geringe interesse?'
Willemijn knikte bedaard.
'Ik begrijp het best. Welke garantie had de toekomstige moordenaar? Geen enkele. Als ik achteraf zou weigeren om te beta-

len, stond hij met lege handen. Hij kon moeilijk naar de politie stappen met de mededeling: *Ik heb een man vermoord en nu wil mijn opdrachtgeefster niet betalen.*'
Ze keek De Cock grijnzend aan.
'Ik zei je toch: verslaafd zijn betekent niet dat je ook je hersens kwijtraakt.'
De Cock maakte een schouderbeweging.
'Misschien had je een toekomstige moordenaar iets anders moeten aanbieden.'
'Wat?'
'Je bent een aantrekkelijke jonge vrouw.'
Willemijn keek snel naar Vledder, vertrok toen haar gezicht en keek weer naar De Cock. In haar ogen lag een verwoestende blik.
'Zo,' zei ze, en het klonk niet aardig. 'Je bedoelt mijn lijf... mijn lijf als grabbelton voor een verslaafde prutser?' Ze wreef met haar handen over haar naakte borsten. 'Mijn lijf?' Ze schudde haar hoofd. 'De dood van mijn vader,' sprak ze minachtend, 'is de hegemonie over mijn lijf niet waard.'
De oude rechercheur glimlachte om haar woordkeus. Hij keerde zich bewust niet om naar Vledder. Hij begreep dat hij zich in een vreemde situatie bevond, maar het leek hem toch beter dit gesprek helemaal zelf te doen.
'Hoe groot,' vroeg hij toen vriendelijk, 'acht jij de kans dat zich nu na de dood van je vader ineens een verslaafde meldt en zijn beloning opeist?'
Willemijn schudde haar hoofd.
'Die kans is er niet.'
De Cock schoof zijn onderlip naar voren.
'Daar ben ik nog niet zo zeker van. Het zou me niets verbazen, wanneer de dood van je vader algemeen bekend wordt, dat er plotseling zo'n man voor je opduikt en zijn hand ophoudt.'
De blauwe ogen van Willemijn Handgraaf schoten vuur.
'Dat is dan een klootzak,' reageerde ze grimmig. 'Ik zou hem onmiddellijk zijn huid vol schelden over de klungelige manier waarop hij mijn vader de dood in dreef... verdrinken in een stinkende gracht.'

Haar stem droop van sarcasme.
De Cock stookte haar woede nog iets op.
'Met devoot gevouwen handen op zijn borst... als een biddende priester.'
Willemijn knikte instemmend. Haar gezicht kleurde rood.
'Hoe verzint iemand het?'
De Cock keek haar onderzoekend aan.
'Hoe had je vader volgens jou wel ter dood moeten worden gebracht?'
Willemijn trok haar hoofd tussen haar schouders.
'Een kille liquidatie midden in de stad... te midden van wandelend publiek... zoals gebruikelijk bij een groot crimineel.'

De rechercheurs reden met hun oude Golf uit de Karel du Jardinstraat weg. Zwijgend. Hun gezichten stonden strak, zonder expressie. Het onderhoud met de jonge Willemijn Handgraaf had diepe indruk gemaakt, ook op Vledder. De impressies, de indrukken zochten nog een weg naar een veilig plekje in hun herinnering.
Vledder was de eerste die het zwijgen verbrak.
'Wat een troep!' riep hij uit.
'Je bedoelt het appartement?'
Vledder snoof.
'Mag je dat zo noemen... een appartement?'
De Cock grijnsde.
'In mijn jeugd kende Amsterdam nog onbewoonbaar verklaarde woningen. Ik kan me de rechthoekige bordjes op de deuren nog goed herinneren. Zo'n bordje zou men daar op de zolder op hun deur moeten spijkeren.'
Vledder zwaaide.
'Terwijl jij met haar sprak, heb ik in dat hok om me heen gekeken. Dat dakraam boven haar bed was zo vervuild... daar kan haast geen licht meer doorkomen. Aan de andere kant was een soort aanrecht met een smerig gasstel en stinkende pannen met verrotte etensresten. Hoe kunnen mensen zo leven?'
De Cock liet zich iets onderuitzakken.
'Zij redt het wel.'

'Willemijn Handgraaf?'
De Cock knikte.
'Ze is door haar verslaving nog niet verdoofd. Haar lichaam is nauwelijks geteisterd. Je hebt het gezien. Haar hersens werken perfect en ze blaakt nog van strijdlust.'
Vledder gromde.
'Die Willemijn is mooi, dat is waar. Ze is echt een verrekt mooi vrouwtjesdier. Best aantrekkelijk. Maar als echtgenote, als partner zou ik haar niet moeten. Wat een verschil met mijn Adelheid*.'
De Cock schudde zijn hoofd.
'Die vergelijking mag je niet trekken.'
Vledder gniffelde.
'Willemijn beklaagt zich over haar hardvochtige vader, bij wie ze geen liefde of aanhankelijkheid vond. Ik heb bij haar ook weinig liefde en aanhankelijkheid kunnen constateren. Integendeel. Haar houding ten opzichte van haar vader is doordrenkt van haat.'
De Cock maakte een hulpeloos gebaar.
'Een proces van jaren, denk ik. Hoe dieper zij in haar verslaving wegzonk, hoe intenser de haat jegens haar vader zal zijn gegroeid. Wellicht is die haat op den duur tot een moordverlangen gestegen juist door haar eigen onvermogen om zich aan die verslaving te onttrekken. Dat eigen onvermogen projecteert zij op haar vader.'
Vledder lachte.
'Willemijn mag jou wel als verdediger aanstellen. Een betere advocaat kan ze niet vinden.'
De Cock blikte opzij.
'Verdediger... waarvoor?'
Vledder wuifde wat voor zich uit.
'Uitlokking.'
'Vind je dat?'
'Een opzettelijk gepleegde uitlokking door beloften van opmerkelijke giften,' sprak Vledder gedragen. 'Dat is volgens mij een ernstig misdrijf, met een strafbedreiging van vijf jaar.'

* Een vrouwelijke agent met wie Vledder al geruime tijd in liefde samenwoont.

De Cock trok zijn wenkbrauwen iets op.
'Dat is veel.'
Vledder knikte.
'We hebben die Willemijn Handgraaf onbeschadigd in dat vunzige hok achtergelaten, maar in feite hadden we haar moeten arresteren. Aan haar strafbaarheid bestaat geen twijfel. Ze heeft die uitlokking zonder blikken of blozen toegegeven.'
'Ga door...'
'Haar vader is dood.'
De Cock blikte opzij.
'Door die uitlokking?'
Vledder was even van zijn stuk gebracht.
'Dat... eh, dat moet nog blijken,' zei hij onzeker.
De Cock grijnsde.
'En als later uit ons onderzoek blijkt dat de moord op haar vader niets met die uitlokking van doen heeft... dat die uitlokking geen enkel effect heeft gesorteerd... dat Victor Handgraaf stierf door toedoen van een moordenaar die níét door uitlokking werd gedreven, maar door totaal andere motieven werd geleid?'
Vledder antwoordde niet. Hij liet het stuur van de Golf even los en drukte er toen met zijn vuisten op.
'Ik... ik zal...' reageerde hij aarzelend, 'vanavond het Wetboek van Strafrecht over het begrip uitlokking nog eens goed nalezen.'
De jonge rechercheur pakte het stuur van de Golf weer normaal vast.
'Gaan we terug naar de Kit?'
De Cock schudde zijn hoofd. Hij tastte in de binnenzak van zijn colbert naar zijn notitieboek, klapte het open en bladerde.
'We zijn toch onderweg. Rij maar in de richting van Duivendrecht.'
Vledder keek hem verwonderd aan.
'Wat is daar te doen?'
De Cock raadpleegde zijn notities.
'Duivendrecht, In de Korenmolen nummer 120, daar woont Cornelis Grijpskerk.'
Vledder glimlachte.

'De man die moordplannen koesterde ten aanzien van zijn chef, Victor Handgraaf.'
'Precies.'
'Zou hij thuis zijn? Hij werkt toch in Alkmaar?'
De Cock keek op zijn horloge.
'Het is al bijna zeven uur. Misschien gaat hij wel eens een uurtje eerder van kantoor om de file te ontlopen.'
'Ik mag hopen dat we geen last hebben van al die auto's die de stad ontvluchten.'
'Niet zeuren, Dick, die lui zitten al achter de warme hap.'
Zij wel, dacht Vledder. Hij zou nog wel een paar uurtjes moeten wachten voordat zijn maag werd gevuld. Hoe deed die ouwe dat eigenlijk? Hij hoorde hem nooit anders dan over zijn warme chocolademelk uit de magnetron, en dat was pas aan het einde van de dag.

Het perceel In de Korenmolen 120 bleek een geschakelde bungalow van een grappige architectuur, speels opgetrokken uit rode baksteen. Op de parkeerplaats recht tegenover de bungalow was nog een plaatsje vrij. Vledder parkeerde de Golf en de rechercheurs stapten uit.
Vledder gooide het portier dicht en klaagde: 'De Cock, ga je het weer doen, zo meteen?'
'Wat bedoel je?'
'Ga je zo weer op de solotoer, zoals bij Willemijn? Ik zat erbij voor je weet wel.'
'Niet zeuren, Dick. Jouw tijd komt nog, en zo lang zal dat niet meer duren.'
'Nou moet jij niet zeuren, De Cock. Ik kan je nog niet missen.'
Gniffelend slenterden ze over het tegelpaadje langs een kleine voortuin naar de voordeur.
Op een wit plastic plaatje met zwarte letters stond C. GRIJPSKERK. Daarnaast was een koperen bouton. De Cock drukte en in het inwendige van het huis weerklonk een dingdong.
Het duurde luttele seconden, toen werd de deur van de bungalow geopend door een aantrekkelijke vrouw, gekleed in een stemmige, hooggesloten japon. De Cock schatte de vrouw op

half in de veertig. Ze keek van De Cock naar Vledder en terug. In haar helgroene ogen lag een vragende blik.
De oude rechercheur nam beleefd zijn hoedje af.
'Mijn naam is De Cock,' sprak hij vriendelijk. 'De Cock, met... eh, met cecoocecekaa.' Hij duimde over zijn schouder. 'Dat is mijn collega Vledder. Wij zijn rechercheurs, verbonden aan het politiebureau aan de Warmoesstraat in Amsterdam.' Hij zweeg even. 'U... eh, u bent mevrouw Grijpskerk?'
Er gleed een glimlach langs haar lippen.
'Dat ben ik.'
'Wij wilden graag een onderhoud met uw man.'
Mevrouw Grijpskerk schudde haar hoofd.
'Die is er niet.'
'Is hij nog op zijn kantoor in Alkmaar?'
'Mijn man is enige dagen geleden vertrokken naar China.'
De Cock keek haar verrast aan.
'Naar China?'
Mevrouw Grijpskerk knikte.
'Een zakenreis, samen met de directeur van de Handgraaf Foundation, de heer Handgraaf.'
De Cock sloeg zijn linkerhand tegen zijn voorhoofd en liet zijn hand langzaam naar beneden glijden over zijn brede gezicht. Het was een gebaar van drama. Hij kende het effect en wist dat de bezorgdheid bij de vrouw tegenover hem zou toeslaan. Daarna zuchtte hij diep en gebaarde voor zich uit.
'Mogen we het gesprek met u binnen voortzetten?'

7

De Cock keek met welgevallen om zich heen. Het interieur maakte op de oude rechercheur een genoeglijke indruk. De ruime woonkamer met zware draagbalken aan het plafond was smaakvol ingericht. Boven een donkere eikenhouten lambrisering waren de wanden bijna hagelwit gepleisterd. Bij een monumentale openhaardpartij met vrolijke knoesterige balken stond een ronde tafel met enkele donkerbruine leren fauteuils, die tot zitten uitnodigden.
Mevrouw Grijpskerk, die duidelijk bezorgd was door het gebaar van De Cock bij de voordeur, wees de rechercheurs met bevende hand dat ze konden plaatsnemen. De Cock en Vledder lieten zich in een fauteuil zakken. Mevrouw Grijpskerk verschoof haar stoel zo dat ze oogcontact met de beide rechercheurs kon houden.
De grijze speurder legde zijn oude hoedje naast zich op de grauwstenen vloer en boog zich iets naar voren. Vledder zag het gebeuren: De Cock maakte zich op om het gesprek te openen.
'Staande conversaties aan de buitendeur,' opende de oude speurder vriendelijk, 'storen mij al zo lang als ik dit werk doe. Ze bezorgen mij steeds een gevoel van onbehagen. Het is en blijft ook altijd zo afstandelijk. Zo'n deur vormt een beletsel om tot begrip voor elkaar te komen.'
Mevrouw Grijpskerk glimlachte afwachtend.
'En dat begrip hebt u nodig?'
De Cock knikte.
'Begrip voor het werk dat ik doe. En dat begrip kom ik maar weinig tegen.'
Mevrouw Grijpskerk maakte een nerveuze handbeweging.
'Begrip voor het bestrijden van criminaliteit... het oplossen van misdrijven?' vroeg ze.
'Precies.'
Mevrouw Grijpskerk keek hem argwanend aan.
'En in dat verband wilde u mijn man spreken?'

De Cock reageerde niet direct.
'Wanneer wist u dat uw man met de heer Handgraaf op zakenreis naar China zou gaan?'
'Dezelfde dag.'
De Cock keek haar ongelovig aan.
'De dag van het vertrek?'
'Ja.'
'Hoe verliep die dag?'
Mevrouw Grijpskerk verschoof onzeker op haar stoel en keek de kamer rond alsof die aanblik haar zou helpen met de herinnering.
Vledder volgde haar blik.
'De heer Handgraaf belde mijn man en vroeg hem of hij zich onmiddellijk klaar wilde maken voor een reis naar China. Een zakenreis om goedkope textiel en schoenen te importeren. "Om kwart over twaalf kom ik je halen," had hij gezegd.'
De Cock toonde verwondering.
'Dat is nogal abrupt.'
'Inderdaad, dat vond ik ook.'
'Hoe reageerde uw man?'
Mevrouw Grijpskerk trok haar schouders iets op.
'Hij was niet verrast. Hij deed rustig en heel ontspannen, gewoon. Het leek me toe dat Cor, mijn man, een dergelijke uitnodiging van de heer Handgraaf min of meer had verwacht.'
'Over die verwachting had hij met u niet gesproken?'
Mevrouw Grijpskerk trok haar rok strak over haar knieën en streek een paar maal met haar handen over de stof.
'Nee,' sprak ze weifelend.
'En toen?'
'We hebben wat spulletjes bij elkaar gezocht en een koffer gepakt. Om prompt kwart over twaalf stond de heer Handgraaf met zijn Mercedes voor de deur. Mijn man pakte zijn koffer, kuste me vluchtig als afscheid, stapte bij hem in de wagen en ze reden weg. Zo was het.'
Vledder schoot naar voren en vroeg: 'Zomaar?'
'Hoe bedoelt u?' Bezorgd keek ze naar Vledder. Van een glimlach was niets meer over, rimpels trokken over haar voorhoofd.

'Hebt u met uw man geen afspraken gemaakt?' ging Vledder door.
'Waarover?'
'Hoelang de trip zou duren, hoe u uw man kon bereiken, of hij contact met u zou opnemen, dergelijke dingen.'
Mevrouw Grijpskerk maakte een wrevelig gebaar.
'"Je hoort wel van me." Dat is alles wat Cor tegen me heeft gezegd.'
De Cock verhief zijn stem om Vledder te beduiden dat hij zijn mond moest houden.
'En?' vroeg hij.
'Wat?' vroeg mevrouw Grijpskerk verward.
'Hebt u iets van hem gehoord?'
Ze schudde haar hoofd. 'Sinds hij toen vertrokken is heb ik niets meer van hem vernomen. Niets.'
'Ook recent niet, bijvoorbeeld van het kantoor van de Foundation aan de Keizersgracht?'
'Nee.'
De Cock boog zich naar haar toe.
'U zult ongetwijfeld iets van mijn verbazing hebben gemerkt toen u bij mijn komst vertelde dat uw man met de heer Handgraaf op reis was.'
Mevrouw Grijpskerk knikte instemmend.
'U reageerde inderdaad nogal vreemd.'
De Cock glimlachte.
'Het was voor mij ook een complete verrassing,' verklaarde hij. 'Een openbaring. Volgens mijn inlichtingen leefde uw man met Victor Handgraaf op gespannen voet, erger nog, uw man zou hem zelfs met de dood hebben bedreigd...'
Vledder luisterde met belangstelling naar het gesprek maar intussen streek hij met zijn hand over zijn maag en dacht aan al die forensen die nu zaten te eten. Hier werd hem nog geen kopje koffie aangeboden. Hier zit ik te hongeren voor een hongerloon, dacht hij en hij glimlachte om zichzelf. Zo rampzalig was het nou ook weer niet.
Mevrouw Grijpskerk keek ongelukkig en maakte een hulpeloos gebaar.

'Ik heb er ook niet zo veel van begrepen,' sprak ze vermoeid. 'Cor, mijn man, is niet bepaald een open boek. Integendeel, hij is vaak erg gesloten... in zichzelf gekeerd. Zeker ten aanzien van zakelijke aangelegenheden. Als ik om opheldering vroeg, dan zei hij altijd: daar begrijp jij toch niets van.'

De Cock steunde met zijn handen op zijn knieën en leunde ver naar voren.

'Maar doodsbedreigingen... uitgesproken in het bijzijn van ondergeschikten van de Foundation... die moeten toch een oorsprong hebben? Uw man moet toch bijzonder verbolgen zijn geweest over iets bepaalds?'

Mevrouw Grijpskerk knikte.

'Dat klopt wel. Mijn man voelde zich miskend en ondergewaardeerd.' Vledder knikte bij die woorden alsof het over hem ging; miskend en ondergewaardeerd. Mevrouw Grijpskerk vervolgde aarzelend. 'Volgens mijn man had de heer Handgraaf zich niet aan gemaakte afspraken gehouden.'

De Cock boog zich nog verder naar haar toe.

'Wanneer is uw man bij de Handgraaf Foundation in dienst gekomen?'

'Het was geen dienstverband,' grinnikte ze.

De Cock keek haar verwonderd aan.

'Wat was het dan?'

'Een overeenkomst.'

'Met wie?'

Mevrouw Grijpskerk plukte aan het kraagje van haar hooggesloten japon en sloeg haar armen over elkaar.

'De heren Victor Handgraaf,' legde ze geduldig uit, 'Derek van Achterdiep, Peter Freedestein en mijn man werkten vroeger samen in verschillende functies bij de IJsselsteinse Bank in Amsterdam.'

'Ja?' sprak De Cock, alsof hij wilde zeggen: ga door.

'Op de IJsselsteinse Bank waren ze alle vier lid van een loterijclubje. Elke maand stortten ze een bepaald bedrag in de loterijpot, die door de heer Handgraaf werd beheerd. Hij kocht van dat geld elke maand een paar loten van de Staatsloterij.'

De Cock glimlachte.

'Van dat soort loterijclubjes zijn er vele. Ik heb bij de recherche aan de Warmoesstraat ook nog een tijdje zo'n miserabel loterijpotje beheerd. Verschrikkelijk. Zeuren om de bijdrage. Toen we nooit iets wonnen, ging het clubje ter ziele. Ik had er ook eerlijk gezegd geen lol meer in. Zonde van het geld.'
Mevrouw Grijpskerk lachte.
'Mijn man wilde ook al een tijdje uit het loterijclubje stappen. "Die stomme nieten-noppes-pot", zei hij altijd, "kóst ons alleen maar geld."'
Het gezicht van mevrouw Grijpskerk klaarde op.
'Tot plotseling de jackpot viel op een door Handgraaf gekocht lot.'
Vledder keek naar zijn oude collega en vervolgens naar het plafond. Voor mij een halve jackpot en ik begin voor mezelf, dacht hij. Geen oude en geen jonge collega's, op tijd een bord eten en een gezonde nachtrust.
De Cock had niets in de gaten van de zielenroerselen van Vledder en glimlachte naar de vrouw tegenover zich.
'Was het veel geld?' vroeg hij.
Mevrouw Grijpskerk maakte een schouderbeweging.
'Ik heb het exacte bedrag nooit horen noemen door mijn man, maar het moeten miljoenen zijn geweest.'
De Cock schoof naar het puntje van zijn fauteuil.
'Wat is er met dat vele geld gebeurd?'
Mevrouw Grijpskerk zuchtte.
'De heer Handgraaf ging niet meteen over tot de verdeling van de buit, maar belegde met de leden van het loterijclubje een reeks besloten samenkomsten.'
'Waarom?'
'Handgraaf legde uit dat het winnende lot een unieke gelegenheid bood voor de ondergeschikten van die IJsselsteinse Bank om zich uit de benauwende omklemming daarvan los te koppelen en zelf een winstgevende onderneming te starten.'
De Cock knikte begrijpend.
'De Handgraaf Foundation.'
'Precies.'
De oude rechercheur glimlachte.

'Een onderneming met een weids perspectief.'
Mevrouw Grijpskerk knikte instemmend.
'En voor de loonslaven van de IJsselsteinse Bank aanlokkelijke mogelijkheden. Niet langer in loondienst, maar zelf als oppermachtig opererend directeur van een groot florerend bedrijf.'
De Cock fronste zijn wenkbrauwen.
'Is al het geld van de jackpot in de Handgraaf Foundation gestoken?'
Mevrouw Grijpskerk schudde haar hoofd.
'Daarnaast hebben de leden van het loterijclubje ieder een fiks bedrag op hun bankrekening gekregen. Cor en ik hebben er deze bungalow van gekocht en we hebben nog een aardig spaarcentje als buffer voor donkere tijden.'
De Cock maakte een vrolijk gebaar naar haar en naar Vledder, die met nauwelijks verholen desinteresse in zijn stoel zat.
'Toch aardig geregeld?'
'Zeker.'
'Wanneer begon uw man zich ongemakkelijk, eh... onbehaaglijk te voelen? Ik bedoel, wanneer kwamen zijn eerste klachten met betrekking tot de Foundation?'
Mevrouw Grijpskerk zuchtte.
'Al vrij snel. Cor werd directeur van een bijkantoor van de Foundation in Alkmaar. De feitelijke macht berustte bij Victor Handgraaf en zijn vriend Derek van Achterdiep, die het hoofdkantoor aan de Keizersgracht in Amsterdam beheerden.'
'Dat zinde uw man niet, naar ik aanneem?'
'Het was volgens hem tegen de gemaakte afspraken. De vier leden van de loterijclub zouden allen eenzelfde positie krijgen, dat was afgesproken. Ze zouden dezelfde macht kunnen uitoefenen en betrokken zijn bij alle beslissingen die er in de Foundation zouden worden genomen.'
'Dat bleek in de praktijk niet zo te werken?'
Mevrouw Grijpskerk schudde haar hoofd.
'Mijn man voelde zich buitengesloten, miskend. Hij meende over voldoende capaciteiten te beschikken om volwaardig bij het beheer te kunnen meedraaien.'

De Cock gebaarde met zijn handen in de lucht.
'Hij rebelleerde?'
Mevrouw Grijpskerk knikte.
'Steeds luider en steeds dwingender. Maar die twee in Amsterdam reageerden nauwelijks.'
'Tot ergernis van uw man?'
Mevrouw Grijpskerk snoof.
'Hij werd woest, steeds kwader en opstandiger. Hij startte met kleine dreigementen aan het adres van Victor Handgraaf, die hij als kwade genius zag, tot hij luidkeels over moord begon te roepen.'
'Stom.'
Mevrouw Grijpskerk knikte.
'Ik heb hem steeds voorgehouden dat hij zich moest schikken in de situatie, dat zijn geschreeuw niets hielp en dat hij andere wegen moest bewandelen om zijn gelijk te krijgen.'
De Cock keek haar vragend aan.
'En die vierde man... Peter Freedestein?'
'Die kreeg een vestiging in Leiden toebedeeld.'
'Geen rebel?'
Mevrouw Grijpskerk schudde haar hoofd.
'Mijn man noemde hem, vergeef me het woord, een "lulletje lampenkatoen", een sullige jaknikker die alles accepteerde wat die twee in Amsterdam verordonneerden.'
'Daar kon uw man zich niet mee verenigen?'
'Nee.'
De Cock nam een kleine pauze en Vledder besloot dat hij zich er verder maar helemaal buiten moest houden.
'Hebt u enig idee, waar uw man zich op dit moment bevindt?' startte De Cock opnieuw.
Mevrouw Grijpskerk zuchtte.
'Ik heb nog niets van hem gehoord. En hij is toch al een paar dagen weg.'
De Cock plukte even aan het puntje van zijn neus.
'Hebt u voor mij een foto van uw man?'
'Waarvoor?' vroeg mevrouw Grijpskerk verwonderd.
De Cock kauwde even op zijn onderlip.

'Het lijkt me verstandig om van hem de opsporing verblijfplaats te verzoeken.'
Mevrouw Grijpskerk reageerde gespannen.
'U bent bang dat er iets met hem is gebeurd?' Het klonk alsof ze haar eigen angst verwoordde.
De Cock antwoordde niet. Hij haalde uit zijn binnenzak een door Bram van Wielingen gemaakte foto van het lijk van Victor Handgraaf en reikte die haar aan.
Het gezicht van mevrouw Grijpskerk verbleekte.
'Dat... dat is Victor Handgraaf.'
De Cock knikte.
'We hebben hem gisteravond uit het water van de Keizersgracht opgevist... vermoord.'
De mond van mevrouw Grijpskerk zakte open, wild keek ze om zich heen.
'Waar... waar...' stamelde ze, 'waar is dan mijn man?'
De Cock maakte een hulpeloos gebaar.
'Mogelijk op de vlucht.'
'Waarvoor?'
De Cock kneep zijn lippen samen voor hij verder sprak.
'Voor de uitvoering van een plan dat al tijden geleden bij hem rijpte.'
Mevrouw Grijpskerk wees met trillende vingers naar de lugubere foto in haar hand.
'Dit is... dit is... zijn werk... zijn...'
Verder kwam ze niet. Haar ogen rolden ongecontroleerd in hun kassen rond. Schuin gleed ze totaal verslapt weg in haar fauteuil.

De rechercheurs reden met hun oude Golf Duivendrecht uit. Aanvankelijk zwegen ze, ieder verzonken in zijn eigen gedachten. Vledder had het lange gesprek niet bevredigend gevonden, zijn eigen rol daarin was nihil. Een bewusteloze mevrouw Grijpskerk. Was dat alles wat er uit kon komen? Het was een situatie die hem evenzeer als De Cock had aangegrepen.
Na een tijdje blikte De Cock opgelucht opzij.
'Dick,' verzuchtte hij, 'ik ben blij dat er bij jou nog iets van die EHBO-cursus is blijven hangen. Mevrouw Grijpskerk herstelde

gelukkig vrij snel na haar collaps... haar bewustzijnsverlies. Ik weet nooit goed wat ik met een bewusteloze vrouw aan moet.'
Vledder glimlachte. 'Hm, ze is alleen maar flauwgevallen. Dat was van de emotie. Niet zo verwonderlijk, ik vond dat je haar wel bijzonder hard aanpakte. Om mevrouw Grijpskerk duidelijk te maken dat haar man mogelijk een moord heeft gepleegd, had je wel wat subtieler te werk kunnen gaan.'
De Cock maakte een verontschuldigend gebaar.
'Ik vind niet dat mij iets te verwijten valt. Mevrouw Grijpskerk wist dat haar man die Handgraaf diverse keren met de dood had bedreigd. Dat heeft ze toegegeven. Toen diezelfde Handgraaf haar man onverwachts uitnodigde voor een zakenreis naar China, had ze dit haar man moeten afraden... of ze had Handgraaf moeten vragen of hij wel wist wat hij deed.'
Vledder wilde zijn uitval van daarnet graag vergeten. Tenslotte leerde hij al kijkend en luisterend heel veel van zijn oude leermeester. Hij knikte begrijpend.
'Je bedoelt te zeggen dat zij zelf schuld had aan haar toestand.'
'Op het moment van het bewust worden van haar eigen verantwoordelijkheid in deze affaire,' sprak De Cock traag, 'vluchtte ze... een klassieke vlucht in bewusteloosheid. Ik heb dit in mijn lange carrière bij de recherche meer vrouwen zien doen.'
Vledder schudde zijn hoofd.
'Het was geen vlucht. Het overkwam haar. Denk je eens in in welke situatie mevrouw Grijpskerk verkeert. Ze is in mijn ogen een lieve, zorgzame vrouw. Wel een beetje truttig, oké, met dat preutse jurkje, maar toch een goed mens.'
'Te lief en te zorgzaam voor de dominante man met wie ze is getrouwd, vind ik,' zei De Cock. 'Die man is een ijzig koele, ongevoelige ik-figuur.'
'Vind je?'
De Cock zwaaide geëmotioneerd.
'Absoluut. Ik kan geen passender omschrijving bedenken. Die man heeft een leuke vrouw, een prachtige bungalow... geld op de bank voor eventualiteiten en daarbij ongetwijfeld nog een vorstelijk salaris als directeur van de Foundation in Alkmaar.

Omdat die functie hem niet bevalt, bedreigt hij Handgraaf met de dood. Die man wordt nooit gelukkig.'
De oude rechercheur zweeg even.
'Mijn oude moeder zei altijd: tel je zegeningen... leer je bewust te zijn van de vele goede dingen die je hebt, die het leven je reeds biedt.'
Vledder schudde zijn hoofd.
'Ik begrijp die vent ook niet. Laat je straks per telex en op ons net zijn opsporing verblijfplaats verzoeken?'
De Cock knikte.
'Zeker.'
'Niet meer.'
'Hoe bedoel je?
'Geen OAV* plus verdacht van moord?'
De Cock schudde zijn hoofd.
'Buiten zijn uitgesproken bedreigingen met de dood hebben we geen enkele aanwijzing dat hij werkelijk verantwoordelijk is voor de dood van Victor Handgraaf.'
Vledder grinnikte vreugdeloos.
'Als hij nog leeft... die Cornelis Grijpskerk moet toch ergens uithangen?'
De Cock zuchtte.
'Daar zeg je een waar woord, Dick... als hij nog leeft.'

* OAV: verzoek tot Opsporing, Aanhouding en Voorgeleiding.

8

Vledder kneep denkrimpels in zijn voorhoofd.
'Denk jij,' vroeg hij voorzichtig, 'dat Cornelis Grijpskerk niet meer leeft... dat hij tegelijk met Victor Handgraaf ter dood is gebracht? Wie weet, ook in de gracht gedumpt?'
De Cock trok zijn schouders op.
'Dat kan ik niet weten. Maar Victor Handgraaf was in zijn gezelschap. Voor zover we weten waren er geen afspraken dat ze gescheiden verder zouden reizen. Dat is ook niet aannemelijk. Ik vermoed dat Grijpskerk de heer Handgraaf tot aan zijn dood heeft vergezeld.'
Vledder reageerde gespannen.
'Wat kan dat betekenen volgens jou? Heeft Cornelis Grijpskerk dan met zijn armen over elkaar gestaan... niets gedaan... niets geprobeerd om de moord te voorkomen? Of was hij helemaal geen getuige van de moord op Handgraaf?'
De Cock zuchtte diep.
'We zijn,' sprak hij somber, 'zoals voor ons gebruikelijk, weer eens in een zeer duister mysterie verzeild geraakt. Dit is toch niet te rijmen? Als je er goed over nadenkt, is het zelfs niet uitgesloten dat Grijpskerk aan de moord op Victor Handgraaf medeplichtig was, of misschien wel mededader...'
Vledder gromde.
'Dan moet er nog een derde in het spel zijn.'
De Cock zweeg. De grijze speurder vroeg zich af welke wegen hij moest bewandelen om achter de waarheid te komen.
Vledder wuifde naar de voorruit.
'Naar de Kit?'
De Cock blies de lucht uit zijn longen.
'Alsjeblieft.'

De jonge rechercheur parkeerde hun oude Golf op de gladde houten steiger. Ze stapten wat verkreukeld uit en slenterden traag via de Oudebrugsteeg naar de Warmoesstraat. Toen ze de hal van het politiebureau binnenstapten, wenkte Jan Rozenbrand vanachter de balie de oude rechercheur met een kromme vinger.

De Cock liep breed grijnzend op hem toe.

'Rozenbrand, ik ben altijd een beetje bang voor die kromme vinger van jou.'

De wachtcommandant keek hem niet-begrijpend aan.

'Wat is daar mis mee?'

De Cock zwaaide.

'Jij hebt alleen misdaad op je repertoire,' gromde hij. 'Nooit iets anders... iets leuks. Wanneer heb je voor mij eens een blijde boodschap?'

'Jíj komt altijd met leuke dingen en blijde boodschappen, nou goed?' sprak de wachtcommandant. 'Nee, De Cock, dit politiebureau hier aan de Warmoesstraat,' ging hij somber verder, 'is geen plek voor blijde boodschappen. Dat past niet bij het gebouw. De muren kreunen van de misdaad. Als jouw ziel naar blijde boodschappen hunkert, stap dan op een vrije zondag eens een kerk binnen of sluit je aan bij een van de vele nieuwe sektarische groeperingen.'

De Cock trok zijn wenkbrauwen op.

'Zijn die er?'

Jan Rozenbrand knikte overtuigend.

'Je hebt geen idee, De Cock,' riep hij opgetogen. 'Soms komen de gelovigen hier in dichte drommen voor de balie staan en zingen juichend over een nieuwe blijde wereld... een wereld van vrede, zonder haat, strijd en wreedheden, tralala.'

De Cock snoof.

'Dat is niet nieuw.'

De wachtcommandant trok een ernstig gezicht.

'Toch heb ik het idee dat die nieuwe groeperingen meer elan hebben. Meer enthousiasme. Dat stralen ze ook uit. Ze geloven oprecht in een nieuwe beleving van de liefde voor de naaste... een naastenliefde met bezieling, gestoeld op de overtuiging van een nieuwe hemel. Een hemel zonder poorten... toegankelijk voor eenieder die vurig biddend om toelating vraagt.'

De Cock hield zijn handen tegen zijn oren.
'Hou op. Als ik zo naar je luister,' grapte hij, 'lijkt het alsof je al volledig bent bekeerd.'
'Ik kijk,' sprak Rozenbrand nuchter, 'naar de mensen die hier voor de balie staan en analyseer hun gedrag. Het feit dat ze hier zo nu en dan vol blijdschap komen zingen, sterkt me in het geloof dat wij hier goed werk doen.'
De Cock steunde op de balie en schoof zijn onderlip naar voren.
'Wat is op dit moment jouw boodschap voor mij?' vroeg hij liefjes.
De wachtcommandant wees omhoog.
'Boven zit al een tijdje een man op je te wachten. Ik heb zijn naam niet opgenomen. Ik meen dat ik hem hier al eens eerder heb gezien. Hij draagt zo'n bruine trenchcoat met flappen op de schouders.'
De Cock glimlachte.
'Arnold van Heusden, de man van een sigarenwinkeltje in de Oude Hoogstraat, waar hij ook wiet verkoopt.'
Jan Rozenbrand grinnikte.
'Nou en, dat mag van de warenwet.'
De oude rechercheur reageerde niet. Hij draaide zich om en besteeg opmerkelijk kwiek de stenen trappen naar de tweede etage.
Vledder volgde hem met verbazing. Meestal sjokte zijn oude collega als een vermoeide man die een hele dag zijn winkelende echtgenote had begeleid. Hij vroeg zich ook af hoe De Cock zijn stevige postuur in stand hield. Die moest 's avonds bij thuiskomst wel meer van zijn vrouw krijgen dan een beker warme chocolademelk. Heel even dacht hij aan een etentje bij kaarslicht met zijn Adelheid, maar zette dat verlokkende idee snel van zich af.
Op de bank bij de toegangsdeur naar de grote recherchekamer zat Arnold van Heusden. Toen hij de oude rechercheur in het oog kreeg, stond hij op en kwam naar hem toe.
'Meneer De Cock,' sprak hij wat nerveus. 'Ik wil even met u praten. Het is laat, dat besef ik, maar mijn jonge vriend, u weet wel, die jongen van de wiet, is verdwenen.'

De Cock bleef niet staan. Hij liep door en trok Van Heusden aan de arm mee de recherchekamer in. Daar liet hij hem op de stoel bij zijn bureau plaatsnemen. Met zijn regenjas nog aan ging hij bij hem zitten en viel met de deur in huis.
'Hoe verdwenen?' vroeg hij wrevelig.
Van Heusden stak zijn handen vooruit.
'Die jongen kwam trouw elke dag zijn portie wiet halen. Vandaag was hij er niet. Ik ben na sluitingstijd naar zijn huis gegaan. Daar was hij ook niet. Ik maak me ernstige zorgen.'
'Waarom?'
Arnold van Heusden gebaarde heftig.
'Misschien heeft hij zich toch laten overhalen en is hij bij de moord op de heer Handgraaf betrokken. Wellicht is hij op de vlucht.'
'Voor wie... voor wat?'
'Voor zijn arrestatie.'
De Cock snoof.
'Onzin. De moord op Victor Handgraaf is overdacht en terdege voorbereid. Daar is die verslaafde wietjongen van jou niet toe in staat.'
Van Heusden keek hem onderzoekend aan.
'Hebt u inmiddels de identiteit van "die verslaafde wietjongen" achterhaald?' Het klonk meesmuilend.
De Cock schudde zijn hoofd.
'Ik vind dat niet zo belangrijk meer. Ik twijfel ook aan zijn betrouwbaarheid. Volgens mij liet Willemijn Handgraaf hem geen vrijheden toe.'
De sigarenwinkelier keek hem onderzoekend aan.
'Weet u inmiddels wie die Handgraaf in de Keizersgracht heeft geduwd?'
De Cock schudde opnieuw zijn hoofd.
'Ik heb met Willemijn gesproken.'
'En?'
De Cock glimlachte.
'Ze geeft zonder enige terughoudendheid toe dat ze geld van haar te verwachten erfenis heeft beloofd aan iemand die bereid zou zijn haar vader te vermoorden.'

Arnold van Heusden verschoof op zijn stoel.
'Hebt u haar gearresteerd?'
'Nee.'
'Haar vader is toch dood!' was de verraste reactie. 'Vermoord. Heeft ze de naam van de dader niet genoemd?'
De Cock maakte een hulpeloos gebaar.
'Die kent ze niet.'
'Wat?'
De Cock schudde zijn hoofd.
'Willemijn zegt dat ze de moordenaar van haar vader niet kent.'
'En dat gelooft u?'
Het leek wel of de sigarenwinkelier De Cock aan het verhoren was. Wat dreef die man, vroeg Vledder zich af. En De Cock maar kletsen. Ongetwijfeld allemaal tactiek.
'Willemijn Handgraaf heeft me zonder omwegen verklaard dat ze haar aanbod heeft gedaan aan vrijwel iedere verslaafde die zij in de drugsscene kent. En dat zijn er veel. Maar volgens Willemijn had niemand werkelijk interesse voor de klus.'
Van Heusden keek hem ongelovig aan.
'Vijftigduizend euro is een bom duiten. Toch wel een leuk bedrag om er enig risico voor te nemen?'
De Cock stak zijn wijsvinger naar hem uit.
'U?'
'Wat?' vroeg Van Heusden geschrokken.
'Zou u voor dat bedrag het risico nemen voor een moord?'
De man haalde zijn schouders op.
'Die Willemijn Handgraaf heeft mij dat aanbod niet gedaan.'
De Cock plukte even aan zijn neus.
'Ook niet via uw jeugdige wietvriend? Als intermediair?'
'U bedoelt... eh, u beschuldigt mij van moord?'
De Cock schudde zijn hoofd.
'Och,' sprak hij afwijzend, 'ik overdacht alleen even de mogelijkheden.'

Toen Arnold van Heusden de grote recherchekamer had verlaten, keek Vledder De Cock lachend aan.

'U bedoelt... eh...' imiteerde hij de stem van Arnold van Heusden, 'u beschuldigt mij van moord?' De jonge rechercheur gniffelde. 'Je bezorgde die man bijna een beroerte.'
De Cock stak zijn wijsvinger op.
'Vind je het gek?'
'Wat?'
'Die wietjongen vertelt hem het verhaal over het aanbod van Willemijn, en hij ziet wel mogelijkheden om Handgraaf koud te maken en die vijftigduizend euro binnen te slepen.'
Vledder schudde zijn hoofd.
'Hij was wel gek. Dan zou hij toch niet naar ons zijn gekomen met dat verhaal en dan had hij toch ook geen contact gezocht met Derek van Achterdiep, mededirecteur van de Foundation?'
De Cock glimlachte.
'Heel goed, Dick Vledder. Je denkt al bijna net zo goed als een echte rechercheur.'
Vledder negeerde de opmerking.
'Toch moeten we Van Achterdiep, die mededirecteur, nog eens benaderen.'
'Waarover?'
Vledder gebaarde met opgestoken wijsvinger.
'Wist hij dat Handgraaf van plan was om Grijpskerk mee te nemen op een zakenreis naar China? Hij kende toch de spanningen tussen die twee... de dreigingen met moord.'
De Cock stond van zijn stoel op.
'Een heel goede opmerking,' sprak hij waarderend. 'Dat doen we dan morgen.'
De oude rechercheur slofte naar de kapstok en pakte zijn hoedje. Vledder kwam hem achterna.
'Hou je dan nooit op? Wat doen we nu?'
De Cock draaide zich half om.
'Wij sluiten deze dag af bij Smalle Lowietje. Mijn droge keel snakt naar het fluweel van een cognackie. En voor jou zal hij wel een snack hebben, ik kan je maag horen knorren. Dat moet je toch leren beheersen,' zei hij smalend.

In de ochtend van die dag had een pril en schuchter zonnetje zijn best gedaan, maar een aanwakkerende wind had zware wolken over de stad gejaagd, waaruit eerst alleen motregen was gevallen, maar nu, in de late avond, regende het intens. De felle kleuren van de lichtreclames spiegelden speels in het natte asfalt. De Cock had daar wel oog voor.
Het was stil in de Lange Niezel. Aanhoudende wolkbreuken hadden het legertje beluste mannen van de straat gedreven. Bij de ingang van het sekstheater zat een vrouw met een breiwerkje achter de kassa. Ze knikte wat verveeld toen de rechercheurs haar in het voorbijgaan groetten.
De Cock trok de kraag van zijn regenjas omhoog en schoof zijn oude hoedje iets naar voren. Hij keek schuin opzij naar Vledder, die zoals gewoonlijk een halve meter voor hem uit liep.
'We moeten die man van de Handgraaf Foundation in Leiden ook ondervragen.'
De jonge rechercheur hield zijn pas even in en draaide zijn gezicht naar De Cock toe.
'Peter Freedestein... "lulletje lampenkatoen".'
De Cock reageerde niet.
Vledder liep wat langzamer om gelijke pas met De Cock te houden.
Vanuit de Lange Niezel slenterden ze via de Voorburgwal en de Oudekennissteeg naar de Achterburgwal. Het was opmerkelijk stil op de Wallen. Nevelslierten dwarrelden als grillige spookverschijningen over het vuile grachtwater.
De seksbusiness kwam met die regen en nevel niet op toeren. Bij de meeste bordelen waren de gordijnen gesloten.
Op de hoek van de Barndesteeg glipten ze het cafeetje van Smalle Lowietje binnen.
De Cock boog zich voorover en liet een straaltje water uit de rand van zijn hoed glijden. Het vormde een plasje op de rode tapijttegels. Daarna wurmde hij zich uit zijn natte regenjas, liep naar het einde van de bar en hees zich op een kruk. Vledder kwam met druipende haren naast hem zitten. Ook bij Lowie was het niet druk.
Caféhouder Lowie, om zijn geringe borstomvang door de pe-

noze steevast Smalle Lowietje genoemd, streek met zijn kleine handjes langs zijn morsige vest en kwam opgewekt naar De Cock toe. Zijn vriendelijke muizensmoeltje glom van genegenheid.
'Blij je weer eens te zien,' kirde hij.
De Cock verschoof iets op zijn kruk.
'Ik was bijna de weg vergeten,' grapte hij.
Lowie lachte.
'En ik was bang dat de commissaris voor een oude rechercheur zoals jij een streng verbod had uitgevaardigd om mijn etablissement te bezoeken.'
De Cock plukte aan het puntje van zijn neus.
'Moet hij niet wagen! Bij zo'n verbod ga ik onmiddellijk met vervroegd pensioen.'
Smalle Lowietje grijnsde.
'Gelijk heb je. Is het druk aan de Kit?'
De grijze speurder knikte met een ernstig gezicht.
'Voor ons aan de Warmoesstraat...' sprak hij gedragen, 'en uiteraard voor 's lands regering... blijft criminaliteit een bron van aanhoudende zorg.'
Smalle Lowietje gniffelde.
'Voor jullie aan de Kit, ja, blijft het tobben. Maar Den Haag zal misdaad een zorg zijn. Welk kabinet er ook in het pluche zit, het is steeds...'
Hij maakte zijn zin niet af.
'Hetzelfde recept?'
'De Cock,' mompelde Vledder, 'ik wil je niet storen, maar denk aan iets om dat varkentje in mijn maag tot zwijgen te brengen.'
De Cock grinnikte.
Intussen was Smalle Lowietje aalglad onder de tapkast gedoken en kwam tevoorschijn met een fles fijne Franse cognac Napoleon, die hij met een kreet van verrukking op de bar plaatste. Hij vatte drie diepbolle glazen en schonk klokkend in.
De Cock keek toe. Hij hield van de manier waarop Lowietje de fles hanteerde. Het was een ceremonieel, bijna devoot gebaar.
'Lowie,' sprak hij de caféhouder toe, 'mijn jonge collega heeft nog niet gegeten, je snapt wat ik bedoel.'
'Zal ik voor zorgen. Eerst een proost.'

Ze namen beiden hun glas op en keken elkaar in de ogen. De oude, in de dienst vergrijsde rechercheur en de wat louche caféhouder. Ze lachten.
'Op de misdaad.'
Het was hun gebruikelijke toost.
'Misdaad,' riep De Cock opgewekt, 'groeiend en bloeiend bij elk nieuw kabinet.'
Smalle Lowietje zette zijn glas neer.
'Van Den Haag heeft de misdaad niets te vrezen.'
Het vriendelijke muizensmoeltje van de tengere caféhouder versomberde.
'Toch moet er wat gaan gebeuren,' sprak hij zorgelijk. 'En snel. Het kan zo echt niet doorgaan. Er komt steeds meer buitenlands geboefte naar ons land. We zijn het criminele vuilnisvat van Europa geworden.'
De Cock nam nog een slok van zijn cognac en zuchtte.
'Je hebt gelijk,' reageerde hij triest. 'Het wordt steeds harder en meedogenlozer. Tegenwoordig zijn liquidaties aan de orde van de dag. Dat is nooit zo geweest.'
'Even regelen dat de jongeman zo niet van zijn kruk valt,' gniffelde Lowie met een begripvolle blik naar Vledder.
Even later zette hij een schaal vol hartigheidjes op de tapkast, waar Vledder begerig op aanviel. Zonder een hartig bodempje durfde hij niet te beginnen aan cognac.
Smalle Lowietje boog zich vervolgens naar De Cock.
'Waar zijn jullie op het moment mee bezig?'
De Cock schoof zijn glas iets van zich af.
'We hebben uit het water van de Keizersgracht een man opgevist bij wie de schoenveters aan elkaar waren geknoopt en zijn handen lagen gevouwen op zijn borst.'
'Een vrome man.'
De Cock glimlachte.
'Daar wil ik niet aan twijfelen, maar volgens mij werd hij heel koelbloedig vermoord.'
Smalle Lowietje keek hem schuins aan.
'Ik heb er nog niets van gelezen. Is het geheim? Weet je al wie die vent is?'

De Cock knikte.
'Handgraaf... Victor Handgraaf.'
De kleine oogjes van Smalle Lowietje lichtten op.
'Victor,' toeterde hij, 'Victor Handgraaf.'
'Ken je hem?' vroeg De Cock verrast.
Vledder luisterde met grote interesse. Het was belangrijk om goede contacten te hebben in alle lagen van de bevolking. Een les van De Cock. Hoe vaak had Lowie al niet een duwtje in de goede richting van een onderzoek gegeven?
Smalle Lowietje knikte.
'Hij is hier in de buurt groot geworden. Een jongen met een goed stel hersens. Zijn vader liet hem leren en hij bereikte een goede positie bij IJsselsteinse Bank.'
De tengere caféhouder grinnikte.
'Plotseling bulkte hij van het geld. In de buurt ging het praatje dat hij de bank had bestolen, maar hij bleek een klapper te hebben gemaakt bij de Staatsloterij.'
Smalle Lowietje fronste zijn wenkbrauwen.
'Waarom zouden ze die jongen van kant hebben gemaakt?'
'Een goeie vraag,' sprak De Cock met een zucht. 'En daar zal ik het antwoord op moeten vinden.'
Smalle Lowietje trok een gepijnigd gezicht.
'Als ik me goed herinner, was er iets met de verdeling van dat geld. Er zat iets niet helemaal snor. Het is alweer jaren geleden. Zal ik eens navraag voor je doen?'
De Cock knikte.
'Als je mijn naam er maar buiten houdt.'
Smalle Lowietje grinnikte.
'Je weet hoe discreet ik ben.' Hij schonk nog eens in. 'Alles naar wens?' vroeg hij aan Vledder, die net op een kruidig gehaktballetje kauwde. Toen wendde hij zich weer naar De Cock.
'Als ik wat weet, hoor je van me.'

Met de warme gloed van twee cognacjes in hun bloed verlieten de rechercheurs het etablissement van Smalle Lowietje en slenterden over de Achterburgwal. Het was er beduidend drukker dan een uur tevoren. De regen was opgehouden, het druppelde

nog van de bomen aan de wallenkant, en de seksbusiness was weer in vol bedrijf.
Hoertjes in velerlei fatsoenen lonkten in het barmhartig rode licht van hun etalages naar het leger van behoeftigen dat sjokkend aan hen voorbijtrok.
Via de Oudekennissteeg slenterden De Cock en Vledder naar het Oudekerksplein en vandaar via de Kerksteeg naar de Warmoesstraat. Toen ze de hal van het politiebureau binnenstapten stond Jan Rozenbrand met een verwilderd rood gezicht achter de balie.
'Waar zaten jullie?' Zijn stem sloeg over.
De Cock keek hem verwonderd aan.
'Bij Smalle Lowietje.'
De wachtcommandant zwaaide met zijn armen.
'De dienders op de Keizersgracht hebben al een paar maal naar jullie gevraagd.'
'Zo laat? We waren net van plan om maar eens naar huis te gaan.'
Jan Rozenbrand ging er niet op in, maar zuchtte.
'Uit het water van de Keizersgracht is het lijk gevist van een man... de veters van zijn schoenen zijn samengebonden en zijn handen liggen gevouwen op zijn borst.'

9

De woedende Jan Rozenbrand achter zich latend liep De Cock met Vledder in zijn kielzog naar de gladde houten steiger achter het politiebureau. Vledder, zichtbaar gestoord door de commotie, stapte grommend in hun oude Golf en startte de motor. Hij schoof eerst zijn mouw iets terug, keek op zijn horloge en blikte daarna naar De Cock, die kort voor hem al rustig in de wagen had plaatsgenomen.
'Het is weer laat in de avond, net als gisteren,' riep hij opgewonden. 'Wat gebeurt er? Wordt dit een epidemie... een waterlijk in de gracht met vastgebonden schoenveters en gevouwen handen?'
De Cock trok zijn schouders op.
'Mogelijk. Ik kan niet in de vertroebelde hersenpan van de dader kijken.'
Vledder snoof.
'Jij zit al zo lang in dit vak,' riep hij geëmotioneerd. 'Ben je nog steeds niet in staat om een betrouwbare profielschets van de dader maken?'
De Cock antwoordde niet direct. Hij monsterde het opgewonden gelaat van zijn jeugdige assistent.
'Die... eh, die twee cognackies bij Smalle Lowietje,' vroeg hij bezorgd, 'daar heb je toch geen last van?'
Vledder keek hem vernietigend aan.
'Twee cognackies,' sprak hij meesmuilend. 'Als het nou een halve liter was...'
De Cock liet het heikele onderwerp rusten.
Via de Oudebrugsteeg reden ze rechtsaf de rijbaan van het Damrak op. Ondanks het nachtelijk uur was er nog vrij veel verkeer op de weg. Aan de overzijde, op het brede trottoir van het Damrak, liep veel volk en werden de vele snackbarretjes nog druk bezocht.
De oude rechercheur leunde iets naar achteren.

'Als ook nu weer de handen van het waterlijk zijn vastgeplakt,' sprak hij hoofdknikkend, 'dan hebben we in elk geval met dezelfde dader van doen.'
Vledder gromde.
'Het is niet aannemelijk dat twee gekken tegelijkertijd op hetzelfde idee komen.'
De Cock schudde zijn hoofd.
'Dat weten we pas als we ter plaatse zijn. En is het zo, met die handen en die voeten, tja, dan geloof ik niet dat de dader gek is,' sprak hij nadenkend. 'Integendeel. Hij is wellicht uiterst intelligent. De uitvoering van twee identieke moorden duidt naar mijn gevoel op een zekere symboliek. De dader wil met die moorden iets uitdragen.'
'Wat dan?'
De Cock glimlachte.
'Ik heb werkelijk geen idee. We moeten afwachten wat we te zien krijgen. In mijn lange leven als rechercheur ben ik nog geen moordenaars tegengekomen die zich de moeite getroostten om na hun daad keurig de handen van hun slachtoffers te vouwen.'
Vledder grinnikte vreugdeloos.
'Als die moordenaar iets wil uitdragen,' reageerde hij wild gebarend, 'waarom plaatst hij dan geen pakkende advertentie in *De Telegraaf*... gaat op de hoek van een straat staan en deelt duivelse pamfletten uit of, nog beter... schrijft een boek vol ontboezemingen?'
De Cock blikte even opzij.
'Ik geloof toch,' sprak hij rustig, 'dat die twee cognackies jou geen goed hebben gedaan.'
'Barst.'
De Cock lachte vrolijk om de reactie.
'Van jou,' reageerde hij kalm, 'een onvriendelijk verlangen.'
Vanaf de Brouwersgracht reden ze de Keizersgracht op. Nog voor de Leliegracht stonden aan de waterkant een wagen van de Geneeskundige Dienst met open deuren en een surveillanceauto van de politie met blauw zwaailicht.
Vledder parkeerde zijn Golf achter de politiewagen. De rechercheurs stapten uit. Een jonge diender liep dreunend op De

Cock toe. De oude rechercheur herkende hem van de vorige moord.
'Ik heb weer aan onze wachtcommandant gevraagd of hij de meute wilde waarschuwen. Dit is moord. Absoluut. Geen twijfel. Net als bij dat vorige waterlijk: vastgebonden schoenveters. Dat bevalt me niet. Dat past helemaal niet bij een normaal waterlijk.'
De grijze speurder glimlachte.
'Je hebt gelijk. Het past niet.'
De jonge diender snoof.
'De wachtcommandant zei, net als gisteren: "Wacht maar op De Cock."'
De oude rechercheur liep naast de jonge babbelende diender naar de rand van de gracht. Hij bleef daar staan en liet het licht van zijn zaklantaarn over het dode lichaam glijden. Hij liet het lichtovaal rusten op de devoot gevouwen handen op de borst van de man.
'Zullen we samen proberen of ook nu de vingers zijn vastgelijmd?' vroeg Vledder.
De Cock schudde zijn hoofd.
'Dat laten we aan dokter Rusteloos over.'
Het licht van zijn zaklantaarn gleed naar het gezicht van de man.
Vledder slaakte een gesmoorde kreet.
'Dat gezicht komt me bekend voor. Hebben we die vent niet ergens ontmoet?'
'Nee.'
'Ken je hem?'
De Cock knikte traag.
'Ik ken hem.'
'Waarvan?'
De oude rechercheur gaf zijn zaklantaarn aan Vledder. Uit zijn binnenzak pakte hij de foto die mevrouw Grijpskerk hem had gegeven. Hij nam zijn lantaarn weer terug, reikte Vledder de foto aan en bescheen het portret.
De mond van de jonge rechercheur zakte open.
'Waarachtig... het is Cornelis Grijpskerk.'

De Cock knikte.
'De reisgenoot van Victor Handgraaf. Vermoedelijk één dag later in de gracht gedumpt.'
Vledder blikte opzij.
'Ook één dag later gedood?'
'Op die vraag is geen zinnig antwoord te geven. Mogelijk zijn beide slachtoffers gelijktijdig gedood en heeft de moordenaar ze om een of andere reden niet gelijktijdig in de gracht laten glijden. Maar het kan ook anders zijn.'
De grijze speurder zweeg even.
'Het is ook mogelijk,' ging hij wat geërgerd verder, 'dat de moordenaar ze wel gelijktijdig in de gracht heeft laten zakken, maar dat de waterlijken niet gelijktijdig boven zijn komen drijven.'
Vledder grinnikte.
'Ik begin te begrijpen waarom jij zo de pest aan waterlijken hebt.'
'Te veel onzekerheden. Vooral het tijdstip van overlijden en de plek waar de moord heeft plaatsgevonden bieden geen enkel houvast.'
De oude rechercheur slofte van het slachtoffer weg naar de wagen van de broeders van de Geneeskundige Dienst.
Voordat De Cock iets had gezegd, schudde de oudste broeder zijn hoofd.
'We doen het niet. We brengen dat lijk niet weg. Het gaf de vorige keer problemen met onze dienst. We hebben een gewone ambulancewagen voor u besteld.'
Hij keek even om zich heen.
'Die kan volgens mij elk ogenblik komen.'
De broeder kreeg gelijk. Toen de ambulancewagen binnen hun gezichtsveld kwam, liep De Cock naar de jonge diender van de surveillancewagen.
'Laat de wachtcommandant de meute waarschuwen. En op mijn verzoek niet voor deze plek aan de gracht, maar het sectielokaal op Westgaarde.'
De diender knikte begrijpend.
'Je leert snel,' sprak De Cock waarderend.

'Dank u.'

De oude rechercheur monsterde het gezicht van de jonge man. Hij tikte hem op zijn schouder.

'Hoe heet je?'

'Veenboer... Jan Veenboer.'

De Cock glimlachte.

'Jan Veenboer,' herhaalde hij. 'Ik zal jouw naam onthouden. Binnenkort begint de opleiding voor een nieuwe lichting rechercheurs.'

Bram van Wielingen, de fotograaf, kwam met grote stappen het sectielokaal binnen. Hij zette zijn aluminium koffertje op de stenen vloer en liep op De Cock toe.

'Over het tijdstip van de dag zal ik het maar niet hebben,' begon hij. 'Heb je een nieuwe werkwijze uitgevonden?' vroeg hij toen grijnzend. 'Gaan jouw slachtoffers in het vervolg direct naar het sectielokaal?'

De Cock schudde zijn hoofd.

'Het wordt geen gewoonte. Maar bij waterlijken is het niet zo belangrijk waar je het slachtoffer vindt. Die plek biedt toch weinig houvast.'

De fotograaf knikte.

'Volgens mij heb je gelijk. Ligt hij op de sectietafel?'

Van Wielingen pakte zijn aluminium koffertje weer op en liep met De Cock naar de granieten tafel. De fotograaf liet zijn blik over het lijk glijden.

'Weet je al wie hij is?'

'Grijpskerk... Cornelis. Hij behoorde net als het vorige slachtoffer tot de Handgraaf Foundation aan de Keizersgracht.'

Bram van Wielingen schoof zijn onderlip iets vooruit.

'Ook die zit goed in het pak. Kijk eens naar de coupe... wat een pasvorm. Er wordt bij die Foundation blijkbaar goed verdiend.'

Hij wees naar de gevouwen handen.

'Hoort ook deze man tot een sektarische groepering?'

De Cock keek hem verwonderd aan.

'Hoe kom je daarbij?'

Bram van Wielingen maakte een wegwerpgebaar.

‘Het lijkt wel een manie, een godsdienstige rage. De gewone kerken lopen leeg, maar er duiken steeds meer sektarische groeperingen op met een eigen evangelie.’
‘Begin jij ook al?’
De fotograaf wees naar het slachtoffer.
‘Kijk maar goed. Dit lijk ligt er net zo bij als het vorige slachtoffer. Gewoon een duplicaat... een uitbeelding van de dood in gebed.’
De Cock schudde zijn hoofd.
‘Voor zover mijn onderzoek reikt hebben deze slachtoffers tijdens hun leven niets met een godsdienstige groepering te maken gehad.’
Bram van Wielingen gromde.
‘Ik zou bij jouw onderzoek het idee maar eens in mijn achterhoofd houden.’
De Cock wuifde het idee naar het plafond.
‘Maak jij je gebruikelijke plaatjes nou maar. Daar ben je goed in. Ik ga wel op zoek naar de dader.’
‘Daders, volgens mij... meervoud.’
De Cock draaide zich om. In de deuropening van het sectielokaal ontdekte hij dokter Den Koninghe. Achter hem torenden twee reusachtige broeders van de Geneeskundige Dienst met hun onafscheidelijke brancard.
De oude rechercheur begroette de bejaarde lijkschouwer hartelijk en leidde hem naar het slachtoffer op de sectietafel.
‘Zo uit het water van de Keizersgracht gevist,’ legde hij geduldig uit.
De lijkschouwer gebaarde naar de dode.
‘Het lijkt een kopie van gisteren.’
‘Als ook zijn vingers aan elkaar zijn gelijmd, vrijwel zeker ook dezelfde dader.’
Dokter Den Koninghe keek verrast op.
‘Aan elkaar gelijmd? Deze ook?’
De Cock knikte.
‘Toen dokter Rusteloos tijdens de sectie het borstbeen wilde verwijderen, kon hij de gevouwen handen op de borst niet uit elkaar krijgen. Hij moest ze los snijden.’

De lijkschouwer voelde even aan de vingers van het slachtoffer.
'Volgens mij zijn ze vastgelijmd. De vingers voelen stijf aan.'
De Cock zuchtte.
'Dat vermoedde ik al.'
Dokter Den Koninghe drukte met zijn hand op de borst van het slachtoffer.
'Hij heeft water in zijn longen.'
Hij keek naar De Cock op.
'Heb je de patholoog-anatoom een monster van het longwater laten nemen?'
De oude rechercheur knikte.
'Het water is naar Rijswijk gezonden. In afwachting van het onderzoek in het lab daar meende dokter Rusteloos dat het vocht in de longen van het vorige slachtoffer leidingwater was.'
Dokter Den Koninghe fronste zijn wenkbrauwen.
'Leidingwater?'
'Ja. Het water was volgens dokter Rusteloos niet vervuild. Het leek niet op water uit een gracht.'
De lijkschouwer keek hem schuins aan.
'Wordt het bloed van het slachtoffer onderzocht?'
De Cock haalde zijn schouders op.
'Ik weet niet of dokter Rusteloos dat in zijn programma heeft opgenomen.'
Dokter Den Koninghe gebaarde naar het lijk en prikte daarna met zijn wijsvinger speels op de borst van De Cock.
'Hij is dood.'
'Een absolute zekerheid?' vroeg De Cock vrolijk.
'Zekerheid,' herhaalde de oude lijkschouwer gelaten. 'Vraag voor alle zekerheid aan de patholoog-anatoom om een uitgebreid toxicologisch onderzoek.'
'Waarom?' vroeg De Cock verbaasd.
De oude lijkschouwer grinnikte.
'Hoe denk je dat je een volwassen man rustig in een badkuip kunt laten verdrinken?'

Toen Bram van Wielingen en dokter Den Koninghe met zijn broeders van de Geneeskundige Dienst uit het sectielokaal wa-

ren vertrokken, stapten Vledder en De Cock in hun Golf en verlieten Westgaarde.
De oude rechercheur blikte opzij naar Vledder aan het stuur.
'Had hij nog iets bijzonders bij zich?'
'Het slachtoffer?' Vledder schudde zijn hoofd. 'Het was ook dit keer geen roofmoord. In zijn leren portefeuille zat een paar honderd euro. Verder een creditcard, zijn giropas, rijbewijs, kentekenbewijs en zijn Nederlandse paspoort.'
De Cock fronste zijn wenkbrauwen.
'Een kentekenbewijs? Had Victor Handgraaf ook een kentekenbewijs bij zich?'
'Nee.'
De Cock sloeg met de muis van zijn rechterhand tegen zijn voorhoofd.
'Stom, stom. We hebben nog niets met de auto van Victor Handgraaf gedaan!'
'Hoe bedoel je?'
'Die Mercedes van Handgraaf, waarin hij met Cornelis Grijpskerk is weggereden, die wagen moet toch ergens zijn gebleven of zijn achtergelaten? Bel morgenvroeg met het bureau kentekenbewijzen, vraag het kentekenbewijs op en nadere bijzonderheden van de wagen en verstuur een verzoek tot opsporing de wereld in, per telex of wat dan ook.'
Vledder lachte om zijn opmerking.
'Misschien staat de Mercedes wel op een parkeerplaats op Schiphol.'
De Cock schudde zijn hoofd.
'Zover zijn ze niet gekomen. Toen jij vanmiddag de sectie bijwoonde, heb ik met Schiphol gebeld. Handgraaf en Grijpskerk hebben niet geboekt.'
Vledder keek hem verrast aan.
'Als Handgraaf van plan was om met Grijpskerk naar China te gaan, dan kan dat toch alleen per vliegtuig?'
De Cock haalde zijn schouders op.
'Behalve Schiphol zijn er nog andere luchthavens vanwaar je kan vertrekken.'
De oude rechercheur gaapte.

'Breng me maar naar huis. Het is al laat. De warme chocolademelk zal me smaken. Ik val zowat om van de slaap.'
'Je zal toch nog wel wat moeten eten, De Cock. Val je nog niet van de graat?'
De Cock reageerde niet en een tijd lang reden ze zwijgend verder.
Toen Vledder voor het huis van De Cock stopte, keek de oude rechercheur nog even op.
'Heb je de conversatie tussen mij en dokter Den Koninghe in het sectielokaal gevolgd?'
Vledder schudde zijn hoofd.
'Ik was met de papieren van het slachtoffer bezig. Wat is er dan?'
De Cock beet even op zijn onderlip.
'Dokter Den Koninghe stelde me een vraag, die me sindsdien bezighoudt.'
'Wat vroeg hij?'
De Cock grijnsde.
'Hoe denk je dat je een volwassen man rustig in een badkuip kunt laten verdrinken?'

10

Het wolkendek dat de oude binnenstad van Amsterdam omhulde hing laag en wikkelde de toppen van de eeuwenoude geveltjes in een grijze nevel. Alleen de kalender gaf aan dat de lente al enige weken in het land was. Aan het weer was dat niet te merken.

Vanaf het stationsplein, waar hij uit de tram was gestapt, slenterde De Cock langs het Victoriahotel naar het brede trottoir van het Damrak. Hij trok de kraag van zijn regenjas wat omhoog en drukte zijn oude vilten hoedje naar voren. Vanonder de gebogen rand keek hij naar de sombere gezichten die aan hem voorbij gleden. Een trage, miezerige motregen scheen alle blijheid bij de mensen te hebben weggespoeld. Ook de schoongemaakte Beurs van Berlage deelde in de malaise en toonde enkele donkere plekken op de van regen doortrokken muren.

De grijze speurder verkeerde zelf in een puike stemming. Hoewel het decor en de mensen rondom hem neerslachtigheid demonstreerden, pulseerde zijn hart stromen van een sprankelend lentegevoel.

Een korte, maar intense nachtrust had ook zijn geest verkwikt. Hij voelde zich fris en opgewassen tegen het kwaad dat ongetwijfeld ook deze dag weer op hem af zou komen.

Voor het slapengaan had hij de ontdekking van de moord op Cornelis Grijpskerk in zijn gedachten nog eens de revue laten passeren. Het werd een opeenvolging van een reeks beelden en impressies. Hoewel hij in de meeste gevallen bij zichzelf een intense bewogenheid met het macabere lot van slachtoffers bespeurde, hadden de moorden op Grijpskerk en Handgraaf hem emotioneel nauwelijks beroerd. Zoekend naar een verklaring voor dat fenomeen was hij snurkend in slaap gevallen.

Bij de Oudebrugsteeg bleef hij even staan en stak toen in een koddige draf voor een aanstormende tramtrein van lijn 9 de rijbaan van het Damrak over. Terwijl hij op het trottoir voor de

Schippersbeurs nog zachtjes nahijgde, lichtte hij ter begroeting beleefd zijn hoedje voor een jonge hoer die aan hem voorbij wankelde op haar te hoge hakken.
In de Warmoesstraat bleef hij voor de open deur van het politiebureau staan. Even speelde hij met de gedachte om niet naar binnen te gaan en gewoon door te lopen... het gaf niet waarheen. Een hele dag voor zich... een hele dag zonder misdaad leek hem een aanlokkelijk perspectief. Aan de andere kant wilde hij er ook niet aan denken dat het op een dag echt zover zou zijn dat hij zijn dagen kon indelen zoals hij wilde, en zich kon wijden aan de hobby's die hij nu alleen nog in gedachten had... schilderen, mozaïekjes maken... Misschien wilde hij zijn jongensdroom verwezenlijken en een spoorbaantje in de tuin aanleggen. Het duurde niet veel meer dan een paar seconden... toen overwon hij het lokkende duiveltje.
In de hal van het politiebureau wuifde hij uitbundig joviaal naar Jan Rozenbrand achter de balie. De wachtcommandant zag het niet. Zijn aandacht werd gevangen door een meute druk gesticulerende mannen met vreemde keelklanken en indrukwekkende snorren.
Fluitend nam de oude rechercheur de trappen naar de tweede etage. Toen hij de grote recherchekamer binnenstapte, trof hij Vledder achter zijn computer. De jonge rechercheur keek verstoord op.
'Je bent laat.'
Het klonk bestraffend.
De Cock wierp zijn hoedje naar de kapstok en miste.
'Lijn 13 had vertraging.'
'Bij jou,' mopperde Vledder, 'heeft lijn 13 altijd vertraging.'
De Cock raapte zijn gevallen hoedje op, deed zijn regenjas uit en ging tegenover zijn jonge collega zitten.
'Dat is de charme van lijn 13,' reageerde hij lachend. 'Je moet het eens proberen. Waar je ook instapt... het blijft een verrassingstocht.'
Vledder bromde.
'Dat heb ik nota bene van jou geleerd, De Cock: 's avonds een man, 's ochtends een man.'

'Heel goed, Dick, en hou je daar ook aan. Maar ik mag me op mijn leeftijd wel eens een extra uurtje permitteren. Kan ik vast wennen...'
'Voor je pensioen bedoel je. Maar zover is het nog niet. Ik zit hier al een goed uur te werken. Ik had dokter Rusteloos ook al aan de lijn –'
De Cock onderbrak hem. 'Hoe laat is de sectie?'
'Vanmiddag om twee uur.'
'Vraag dokter Rusteloos om een uitgebreid toxicologisch onderzoek.'
'Hoe kom je daar nou op? Waarom?'
De Cock maakte een hulpeloos gebaar.
'Ik dacht dat je dat al had begrepen.'
Vledder reageerde niet.
'Overigens had ik,' ging hij onverstoord verder, 'vanmorgen al vóór negen uur commissaris Buitendam bij me aan het bureau. Hij had zijn jas nog aan. De man was duidelijk uit zijn humeur. Hij vroeg waar jij was.'
De Cock gniffelde.
'In lijn 13.'
Vledder wuifde geïrriteerd.
'Hou op met die onzin. Die man weet niet wat lijn 13 betekent. Volgens mij heeft Buitendam nog nooit in een Amsterdamse tram gezeten.'
De Cock gniffelde.
'Ik kan het hem aanraden. Een rit met de Amsterdamse tram is een bijzondere ervaring. Vergelijkbaar met een achtbaan op de kermis.'
Vledder zuchtte.
'Je moet onmiddellijk bij hem komen.'
De Cock steunde met zijn ellebogen op de rand van zijn bureau en liet zijn kin in het kommetje van zijn handen rusten.
'Vanwaar,' vroeg hij plagerig, 'dat... eh, dat strenge on-mid-del-lijk?'
Vledder maakte een wrevelig gebaar.
'Wat mankeert je vanmorgen?' riep hij kwaad. 'Je had beter weg kunnen blijven.'

De Cock plukte aan zijn neus.
'Aan die mogelijkheid heb ik even serieus gedacht. Maar je kunt mij nog niet missen.'
'Hè hè, grappig,' zei Vledder met een armzwaai. 'Commissaris Buitendam wil uitgebreid geïnformeerd worden over die twee religieus getinte moorden.'
De Cock nam zijn ellebogen van zijn bureau en liet zich in zijn stoel terugzakken.
'Wat zei Buitendam?' vroeg hij opeens vol aandacht. 'Wat voor moorden?'
Vledder trok zijn schouders op.
'Religieus getinte moorden.'
'Waar haalt hij die nonsens vandaan?'
Vledder gebaarde naar de deur.
'Ga het hem vragen.'

Commissaris Buitendam, de lange, statige chef van het politiebureau aan de Amsterdamse Warmoesstraat, wenkte met een slanke hand.
'Kom binnen, De Cock,' sprak hij geaffecteerd, 'en ga zitten.'
Hij stapte opgeruimd achter zijn bureau vandaan en wenkte vriendelijk en uitnodigend naar het zitje van stalen meubelen bij het raam, waar de commissaris slechts zijn prominente gasten ontving.
De grijze speurder trok zijn gezicht in een onwillige plooi, nors en ontoegankelijk. De toenadering van zijn chef wees hij meestal hooghartig van de hand. Sinds jaren leefde hij op gespannen voet met de commissaris. De Cock hield het graag zo, beducht voor inmenging in zijn wijze van onderzoek.
'Als het u hetzelfde is... ik blijf liever staan.'
Op het bleke gezicht van de commissaris kwam een lichte blos.
'Wat je wilt.'
Buitendam liep terug naar zijn bureau en nam wat stijfjes plaats.
'Vanmorgen,' opende hij voorzichtig, 'ben ik in alle vroegte benaderd door onze officier van justitie, meester Medhuizen.'

De Cock fronste zijn wenkbrauwen en gromde kort.
'Waarom?'
'Meester Medhuizen is bang voor ernstige beroeringen in religieuze kringen.'
De Cock toonde verwondering.
'Beroeringen? Religieuze kringen?'
Buitendam knikte.
'Heb je vanmorgen al een ochtendblad gezien?'
De Cock schudde zijn hoofd.
'Ik kon gisteravond pas ver na middernacht van mijn werk naar huis. Na een tweede waterlijk, en vrijwel zeker een tweede moord, kon ik de slaap niet snel vatten. Het bleef rommelen in mijn hoofd. Het was zeker drie uur voor ik eindelijk insliep. Vanmorgen was ik nog te suf om me in de ellende van de dag te verdiepen.'
Buitendam zuchtte.
'Onze officier van justitie was vanmorgen duidelijk wel klaarwakker. Hij vroeg zich bezorgd af waar bij de politie dat lek vandaan kwam.'
De Cock fronste zijn wenkbrauwen.
'Het moet niet gekker worden! Welk lek?'
Buitendam trok een lade van zijn bureau open, nam daaruit een krant en legde die voor zich neer.
'Welke religieuze groepering in ons land,' las hij geaffecteerd voor, 'vermoordt haar prominente leden met een macabere verdrinkingsdood?'
De Cock keek de commissaris ongelovig aan.
'Staat dat er?'
Buitendam draaide het blad om en schoof het naar De Cock toe. De oude rechercheur pakte het ochtendblad op en las de vetgedrukte tekst op de voorpagina. Hij legde de krant weer neer en sloeg er met de platte hand op.
'Waar komt dit vandaan?'
Commissaris Buitendam haalde een schouder op.
'Dat wil de heer Medhuizen, onze officier van justitie, ook graag weten. In het artikel staat verder dat er uit het water van de Keizersgracht al twee keer een lijk is opgehaald dat een biddende houding symboliseert... de handen gevouwen op de borst.'

De Cock spreidde zijn armen.
'Dat is toch niets bijzonders? Bij vrijwel alle doden worden voor het begraven of cremeren de handen op de borst gevouwen. Dat is een eeuwenoude traditie.'
Buitendam keek hem strak aan.
'Dat is niet hetzelfde, De Cock. Mensen die in het water belanden, vouwen hun handen niet voor hun borst. Dat weet je best.'
De oude rechercheur knikte.
'Commissaris,' begon De Cock op schoolmeesterstoon, 'wat u vermoedelijk nog niet weet... de vingers van de gevouwen handen van beide slachtoffers zijn met krachtige contactlijm vastgezet. Ik ben er dan ook van overtuigd dat beide slachtoffers zijn vermoord en pas na de moord in het water van de Keizersgracht zijn gedumpt.'
Buitendam wees naar het ochtendblad.
'Vrijwel zeker vermoord door leden van de godsdienstige sekte waartoe beide slachtoffers behoorden.'
De Cock grijnsde breed.
'Wie beweert dat?'
De commissaris wees opnieuw naar de krant.
'Dat staat hier.'
'Onzin.'
Buitendam strekte zijn rug.
'Wanneer heb jij de pers te woord gestaan?'
De Cock voelde hoe de woede in het bloed van zijn aderen begon te bruisen.
'Ik heb geen pers te woord gestaan,' reageerde hij fel. 'Dat doe ik nooit! Dat is mijn taak niet. Ik hou die persmuskieten altijd ver uit mijn buurt. Ze zijn vaak niet te vertrouwen. Daarom hebben we voor hen aan het hoofdbureau immers een afdeling persvoorlichting.'
Buitendam trok de krant naar zich toe.
'Iemand moet toch hebben gekletst. Dat krantenartikel is geen onzin. De journalist die dit schreef, moet toch zijn ingelicht.'
De Cock knikte gedwee.
'De feiten kloppen min of meer, maar ik heb die feiten nooit in verband gebracht met een godsdienstige groepering. Het idee

dat een sektarische beweging haar eigen leden – om wat voor reden dan ook – vermoordt en met gevouwen handen te water laat, is absurd.'
Commissaris Buitendam wees naar de telefoon op zijn bureau.
'Naar aanleiding van het bericht in het ochtendblad hebben tal van godsdienstige groeperingen al woedend gereageerd, zowel bij mij als bij justitie.'
'En?'
'Ze eisen een onderzoek.'
De Cock balde zijn vuisten. Zijn vingernagels drukten in de muis van zijn handen.
'Naar wie... naar wat?'
Buitendam stak zijn hand naar hem uit.
'Naar jou!'
De Cock keek hem geschrokken aan.
'Naar mij?'
Buitendam knikte.
'Naar jou.'
De Cock grinnikte vreugdeloos, hij voelde zich niet meer zo vief als een halfuurtje geleden. Had hij maar gehoor gegeven aan de impuls om het bureau links te laten liggen. Hij schudde kort zijn hoofd. Toen vroeg hij mat: 'Waarom?'
Buitendam klopte met zijn vuist op de krant.
'De gegevens van dit macabere artikel zouden door jou zijn verstrekt.'
De Cock trok denkrimpels in zijn voorhoofd.
'Staat dat er?'
In zijn stem trilde ongeloof.
Buitendam knikte.
'Jij wordt als de zegsman van de gegevens vermeld. Rechercheur De Cock, met ceeooceekaa, van bureau Warmoesstraat, die het onderzoek leidt.'
De oude rechercheur wees met een gespeeld droevig gezicht naar de krant.
'Dat is toch geen roddelblad?'
'Dit is een respectabel ochtendblad.'
'Hoe is het mogelijk?'

De oude rechercheur zuchtte diep.
'Kan ik geen aanklacht tegen die journalist indienen?'
Buitendam negeerde de opmerking.
'Er zal toch een onderzoek naar jouw beweringen moeten worden ingesteld.'
De Cock zwaaide met zijn tot vuisten gebalde handen.
'Dat een of andere zotte journalist,' sprak hij gedreven, 'de feiten omtrent deze twee moorden interpreteert op een wijze die inbreuk doet aan de integriteit, de rechtschapenheid en de oprechtheid van bepaalde godsdienstige groeperingen, is ronduit misdadig. Zo'n gevaarlijke man moet van zijn functie worden ontheven.'
De oude rechercheur boog zich naar commissaris Buitendam toe.
'Maar dat de heer Medhuizen, onze officier van justitie,' sprak hij met stemverheffing, 'en mijn eigen commissaris de mogelijkheid openhouden dat ík aan de oorsprong van die misdadigheid zou staan, getuigt van gebrek aan inzicht en vertrouwen.'
De grijze speurder ontspande zijn kromme vingers.
'Ik uit geen verdenkingen die ik niet waar kan maken, en zeker niet tegen journalisten. Ik rotzooi niet in mijn werk en ik rommel niet. Ik onderzoek... ik re-cher-cheer. Ik zoek naar de waarheid.'
Hij zweeg even om diep te ademen.
'En als u,' ging hij verder, 'en officieren van justitie dat na al die jaren nog niet duidelijk is geworden, begin ik toch ernstig aan de kundigheid en de opmerkingsgave van ons leidinggevend personeel te twijfelen. Erger nog... ze zijn, zo bemerk ik, in feite absolúút incompetent.'
Commissaris Buitendam kwam woedend achter zijn bureau vandaan. Er flikkerde vuur in zijn ogen en zijn neusvleugels trilden. Hij stak zijn hand uit naar de deur.
'Eruit.'
De Cock ging.

11

Vledder keek De Cock, die met gebogen hoofd en hangende schouders de grote recherchekamer binnenslofte, scherp onderzoekend aan. De jonge rechercheur monsterde het gezicht van zijn oudere collega.
'Was het weer zover?' vroeg hij bezorgd.
De grijze speurder stapte sloom naderbij en plofte neer op de stoel achter zijn bureau.
'Elke discussie met commissaris Buitendam mislukt. Die man is zo star, hij heeft zo weinig begrip voor ons werk, dus was het weer herrie.'
Vledder hield zijn hoofd schuin.
'Waarover ging het deze keer?'
De Cock zuchtte.
'Een of andere op sensatie beluste journalist heeft in een oud en gerespecteerd ochtendblad op de voorpagina het bericht gelanceerd dat Handgraaf en Grijpskerk door leden van een sektarisch godsdienstig genootschap op een macabere wijze zouden zijn vermoord.'
Vledder lachte.
'Waarom? Ik bedoel, zelfs in een sektarisch godsdienstig genootschap moet er toch een ernstige reden zijn om lieden van het leven te beroven?'
Het klonk bijna als een grap.
De Cock spreidde zijn handen.
'Geen idee. Over het motief wordt in dat artikel met geen woord gerept.'
Vledder schudde zijn hoofd.
'Jammer. Dat had die op sensatie beluste journalist toch moeten achterhalen? Dat behoort tot zijn werk. Het had ons veel werk kunnen besparen. Op zo'n motief zouden we lekker kunnen voortborduren.'
De Cock gromde.

'Handgraaf en Grijpskerk zouden tot datzelfde genootschap hebben behoord.'
Vledder draaide nuffig met zijn bovenlichaam.
'Een interne ruzie in de gelederen? Een oplopend verschil van inzichten met als uitkomst een doodvonnis door een meerderheid van de gelovigen?' sprak hij alsof hij een komische tekst voorlas.
De Cock keek hem glimlachend aan.
'Een mooie hypothese.'
'Onmogelijk?'
De Cock schudde zijn hoofd.
'In de misdaadliteratuur zijn dergelijke interne doodvonnissen geen zeldzaamheid.'
'Ik wil daar niet in geloven,' sprak Vledder afwijzend. 'De godsdienstige voorkeuren van Grijpskerk en Handgraaf zijn tijdens ons onderzoek niet ter sprake gekomen.'
De Cock kneep zijn lippen opeen.
'Het geniepige vind ik, dat die journalist in dat artikel beweert dat de gegevens over die religieus getinte moorden van mij afkomstig zijn.'
Vledder keek hem ongelovig aan.
'Je meent het?'
De Cock knikte.
'Ja, van mij.'
Vledder gniffelde.
'Jij mijdt de luitjes van de pers altijd als een besmettelijke ziekte.'
'Vertegenwoordigers van verscheidene religieuze groeperingen zijn van mening dat beweringen die nu aan mij worden toegeschreven, een inbreuk vormen op hun integriteit en hun oprechtheid. Buitendam heeft ze al aan de telefoon gehad. Zij eisen een onderzoek.'
'Een onderzoek tegen wie... tegen wat?'
'Tegen mij.'
Vledder schudde zijn hoofd.
'Jij hebt dergelijke nonsens toch nooit verkondigd?' riep hij opgewonden.

De Cock wreef zich achter in de nek.
'Maar daarvan zijn Medhuizen en onze eigen Buitendam niet overtuigd.'
Vledder reageerde fel.
'Ze zijn gek.'
'Moet ik helaas met je eens zijn. Toen ik de leiding van politie en justitie onbekwaamheid verweet en gebrek aan inzicht, joeg commissaris Buitendam me zijn kamer uit.'
Vledder gniffelde.
'Niet voor het eerst.'
'En ik vrees ook niet voor het laatst. Ik blijf me verzetten.'
'Terecht.'
De oude rechercheur trok zijn gezicht strak.
'Ik heb mijzelf afgevraagd hoe zo'n journalist ertoe kon komen om de gegevens omtrent onze waterlijken te interpreteren als religieuze moorden.'
Vledder maakte een hulpeloos gebaar.
'Het is natuurlijk sensationeel. De redactie van die krant zal er blij mee zijn geweest en de lezers zullen ervan smullen.'
De Cock trok een denkrimpel in zijn voorhoofd.
'Vermoedelijk. Het opmerkelijke is, ik herinner het me nu, dat Bram van Wielingen me gisteravond vroeg of ook Grijpskerk tot een sektarische groepering behoorde.'
Vledder reageerde verwonderd.
'Hoe kwam hij daarbij?'
De Cock trok zijn gezicht in een ernstige plooi en sprak peinzend verder.
'Die gedachte werd hem ingegeven door de presentatie van het lijk van Grijpskerk, gelijkend op de houding van het lichaam van Handgraaf.'
Vledder knikte begrijpend.
'Gevouwen handen op de borst.'
De Cock trok een pijnlijk gezicht.
'De relatie tussen religie en offerande is, hoe dan ook, van oorsprong altijd groot geweest. Het offeren van mensen en dieren aan een god, in wie men geloofde, vind je in de basis van vele religies terug. Denk aan de Bijbelse Abraham, die zijn zoon

Izaäk zou hebben geofferd als God niet tussenbeide was gekomen.'*
Vledder keek hem verward aan. 'Jij denkt dat er nog iets van die beleving in de huidige mens voortleeft?'
De Cock streek met zijn handen over zijn hoofd.
'Er zijn op deze wereld,' sprak hij moedeloos, 'blijkbaar nog genoeg mensen met een primitief gedachtepatroon. Ik denk dat archaïsche ideeën die in onze genen zijn verankerd niet makkelijk verdwijnen.'
Vledder keek hem vragend aan.
'Zouden de primitieve mensen in het verleden ook misdragingen hebben gekend?'
De Cock glimlachte.
'Minder. Beslist veel minder. Toen de samenlevingsverbanden steeds complexer werden, ontstonden er ook meer behoeften aan het stellen van normen en waarden, aan het regelen van intermenselijke verhoudingen. Ik heb iets van die evolutie aan den lijve ondervonden. Toen ik bij de politie in Amsterdam begon, bestond onze gehele verkeerswetgeving uit zesentwintig artikelen. Nu zijn we de zevenhonderd artikelen en bepalingen al gepasseerd. En dat in een periode van nog geen veertig jaar.'
'Ik vermoed dat het verkeer destijds met die simpele zesentwintig artikelen vlotter verliep dan nu met die zevenhonderd en meer.'
De Cock knikte overtuigend. 'Absoluut.'
De oude rechercheur stond van zijn stoel op, slofte naar de kapstok en greep naar zijn hoedje.
Vledder kwam hem achterna.
'Waar ga je heen?'
'Waar gaan wíj heen?' verbeterde De Cock.
Vledder lachte.
'Oké. Waar gaan wíj heen?'
De oude rechercheur wurmde zich in zijn regenjas.
'Naar Duivendrecht... een weduwe condoleren met het verlies van haar man.'

* Zie: Genesis 22 vers 12

In Duivendrecht vond Vledder weer een plekje op de parkeerplaats recht tegenover de bungalow van de familie Grijpskerk. De rechercheurs stapten uit en slenterden over het tegelpaadje naar de voordeur. De Cock liet in het inwendige van de bungalow de dingdong galmen. Ook nu duurde het slechts luttele seconden voor de voordeur door mevrouw Grijpskerk werd geopend.
De oude rechercheur liet zijn blik even langs haar gestalte glijden en constateerde opnieuw dat mevrouw Grijpskerk een aantrekkelijke vrouw was.
Ze zag bleek en haar helgroene ogen straalden niet. De japon die ze droeg was ditmaal diepzwart, met slechts een klein wit kraagje rond de hals.
De Cock vroeg zich bezorgd af of zij al op de hoogte was gebracht, dat ze al wist wat er met haar man was gebeurd. Hij hoopte vurig dat ze het artikel in het beruchte ochtendblad niet had gelezen.
Zonder iets te vragen hield ze de deur voor de rechercheurs open en leidde hen naar de leren fauteuils bij de openhaardpartij. De Cock legde zijn oude hoedje naast zich op de grauwstenen vloer.
'Hebt u inmiddels al iets van uw man vernomen?' opende hij voorzichtig.
Mevrouw Grijpskerk schudde haar hoofd. 'Taal noch teken,' verzuchtte ze. 'Nadat ik van u had vernomen wat er met Victor Handgraaf was gebeurd, maakte ik me grote zorgen. Mijn man was toch in zijn gezelschap?'
De Cock knikte. 'Inderdaad. U hebt die twee in de Mercedes van Handgraaf zien wegrijden.'
Mevrouw Grijpskerk ademde diep in.
'Ik heb geprobeerd om inlichtingen te krijgen. Ik voelde me zo machteloos. Ik heb me in verbinding gesteld met het kantoor van de Foundation aan de Keizersgracht en heb gevraagd naar Derek van Achterdiep.'
'En?'
'Van Achterdiep was er niet en niemand op het kantoor wist waar hij was te bereiken. Ook hij leek van de aardbodem te zijn verdwenen.'
'Vreemd.'

Mevrouw Grijpskerk knikte. 'Na eindeloos bellen lukte het me eindelijk om met mevrouw Van Achterdiep te spreken.'
Mevrouw Grijpskerk schudde mistroostig haar hoofd. 'Ze wist niet waar haar man was. Hij was 's morgens van huis vertrokken en had de rest van de dag niets van zich laten horen. Ze maakte zich zorgen.'
De Cock kneep zijn ogen halfdicht. 'Hoe laat was dat?'
'Wat bedoelt u?'
'Hoe laat was het toen u haar telefonisch bereikte?'
Mevrouw Grijpskerk spreidde haar handen. 'Rond middernacht.'
'Toen was ze nog wakker?'
Mevrouw Grijpskerk knikte. 'Net als ik... in afwachting van de komst van haar man.'
De Cock meende dat hij niet langer mocht zwijgen. Hij plooide zijn gezicht strak.
'Uw bezorgdheid,' sprak hij somber, 'was terecht.'
Mevrouw Grijpskerk keek hem onbewogen aan.
'Wat wilt u daarmee zeggen?'
De Cock liet zijn hoofd iets zakken. 'Op vrijwel dezelfde plek waar wij uit het water van de Keizersgracht het lichaam van Victor Handgraaf hebben opgehaald, hebben wij gisteravond het lichaam van uw man geborgen.'
Mevrouw Grijpskerk slikte even.
'Dood?'
De Cock knikte. 'Vermoedelijk op dezelfde wijze ter dood gebracht als Victor Handgraaf.'
'Vermoord?'
De Cock knikte opnieuw. 'We weten nog niet precies op welke manier... vermoedelijk verdrinking.'
De oude rechercheur stond van zijn fauteuil op, deed een stap naar haar toe en drukte haar de hand.
'Gecondoleerd met het verlies van uw man,' sprak hij gedragen.
'Ik vond het belangrijk om u dit trieste bericht persoonlijk te brengen voor u via andere kanalen van zijn dood zou vernemen.'
Vledder stond op en volgde het voorbeeld van De Cock. Zwijgend ging hij weer zitten.

Mevrouw Grijpskerk zuchtte diep. 'Ik moet u zeggen dat het bericht me niet eens schokt. Niet echt. Ik was al van zijn dood overtuigd toen u me vertelde wat er met de heer Handgraaf was gebeurd.'
De Cock nam weer in zijn fauteuil plaats en boog zich iets naar haar toe. 'Uw man en de heer Handgraaf zijn vrijwel zeker door dezelfde man of vrouw omgebracht. Het is onze taak de dader te ontmaskeren. Ik hoop dat u me toestaat om u nog een paar vragen te stellen?'
Mevrouw Grijpskerk knikte met een bedroefd gezicht. 'Hoewel de identiteit van de dader,' sprak ze rustig, 'mij in feite niet interesseert, begrijp ik volkomen dat u uw werk moet doen.'
Vledder was verbaasd dat de vrouw na het vreselijke bericht niet in huilen was uitgebarsten, maar zo rustig bleef. Verdoofd van de schrik misschien. Hij had oprechte bewondering voor haar beheerste reactie.
De Cock leunde weer in zijn fauteuil naar achteren.
'Was uw man godsdienstig?'
'U bedoelt of hij wel eens naar de kerk ging?'
De Cock glimlachte.
'Spande hij zich in voor een geloofsovertuiging?'
Mevrouw Grijpskerk schudde haar hoofd. 'Mijn man vond geloof maar flauwekul. Ook een leven na de dood vond hij onzin.'
'Daarover hebt u wel eens met hem gesproken?'
Mevrouw Grijpskerk knikte.
'Ja. Mijn ouders waren gereformeerd. Strikt gelovige mensen.'
'Weet u iets van de geloofsovertuiging van de heer Handgraaf?'
Mevrouw Grijpskerk schudde opnieuw haar hoofd. 'Dat is nooit ter sprake gekomen. Ik weet alleen dat de vrouw van Handgraaf was overleden en dat hij een dochter had die aan de drugs was geraakt.'
'Willemijn,' zei Vledder, en in gedachten zag hij het halfnaakte meisje op die smerige zolderkamer.
Mevrouw Grijpskerk trok haar schouders op. 'Ik ken haar naam niet. Ik heb alleen gehoord dat ze thuis niet meer was te handhaven en dat Handgraaf haar buiten de deur had gezet.'

De Cock knikte.
'We hebben met haar gesproken.' Hij keek even naar Vledder en nam toen een kleine pauze.
'Bij ons vorige bezoek,' ging hij verder, 'hebt u ons al verteld dat uw man erg gesloten was... in zichzelf gekeerd. Geen open boek, om zo te zeggen.'
'Nee.'
'Maar waren er buiten de zakelijke meningsverschillen tussen hem en Handgraaf geen onderwerpen waarover hij zich zorgen maakte... waarover hij zich tegenover u misschien heeft uitgelaten?'
Mevrouw Grijpskerk staarde enige tijd nadenkend voor zich uit, toen ging ze rechter op zitten.
'Een paar maanden geleden kwam hij op een avond voor zijn doen nogal opgewonden thuis. Ik vroeg of er iets was gebeurd.'
'En?'
'Hij vertelde dat hij was benaderd door een man die hem om geld had gevraagd.'
'Geld?' vroeg Vledder.
Mevrouw Grijpskerk knikte.
'Voor een zieke dochter.'
De Cock keek haar niet-begrijpend aan.
'Een zieke dochter?'
'De ziekte van die dochter kon in ons land niet worden behandeld. Daarvoor waren hier geen medische middelen. Zij moest daarvoor naar een kliniek of een ziekenhuis in Amerika en daar had de vader het geld niet voor.'
De Cock trok een denkrimpel in zijn voorhoofd.
'Waarom benaderde die man juist uw echtgenoot voor een bijdrage? Bestond er een relatie tussen uw man en de vader van die zieke dochter?'
Mevrouw Grijpskerk haalde haar schouders op.
'Daar heb ik geen idee van.'
'Dat hebt u hem ook niet gevraagd?'
Mevrouw Grijpskerk maakte een hulpeloos gebaar.
'Misschien heb ik hem dat wel gevraagd. Maar op die vraag heb ik nooit een antwoord gekregen.'

12

De rechercheurs reden in hun oude Golf uit Duivendrecht weg. Een flauw, waterig zonnetje prikte door de voorruit. Ze merkten het niet op. Beiden, verdiept in een stroom van gedachten, zwegen. Het was de jonge Vledder die na enige tijd het zwijgen verbrak. Hij blikte opzij.
'Het is wel duidelijk,' sprak hij nadenkend. 'Het verhaal in het ochtendblad van die verdwaalde en totaal verknipte journalist deugt voor geen meter. Gewoon roddelbladlectuur. Cornelis Grijpskerk, zo blijkt uit de verklaring van zijn vrouw, vond geloof maar flauwekul. Het slachtoffer lijkt me ook verder geen man die in een sektarische geloofsovertuiging gevangen raakt.'
De Cock knikte.
'Je hebt gelijk. Zo'n type man is het niet.' Hij zweeg even. 'Ik ben wel benieuwd naar de identiteit van de man die aan Cornelis Grijpskerk geld vroeg voor zijn doodzieke dochter.'
Vledder snoof.
'Een doodzieke dochter,' sprak hij smalend, 'die in ons eigen landje niet behandeld kan worden, maar mogelijk wel in leven kan blijven door behandeling in een ziekenhuis of kliniek in Amerika. In feite is Willemijn Handgraaf ook doodziek.'
De Cock keek hem van opzij aan.
'Dat is eigen schuld. Maar wat denk je ervan?'
Vledder trok achteloos zijn schouders op.
'Ik zie het als een gore truc. Ja, dat moet een oplichterstruc zijn, een sentimenteel probeersel.'
'Dacht je?'
Vledder knikte.
'Veel meer zie ik er niet in. Een triest verhaal over een arme doodzieke dochter wekt altijd deernis. Zoiets maakt bij mensen diepe gevoelens van erbarmen los.'
'Wellicht,' ging de jonge rechercheur verder, 'wist die handige vader dat Cornelis Grijpskerk een min of meer vermogend man

was, die misschien wel bereid zou zijn om hem een paar grijpstuivers te geven?'
De Cock trok een bedenkelijk gezicht.
'Dat is me toch te simpel,' sprak hij hoofdschuddend. 'De reactie van Cornelis Grijpskerk was geëmotioneerd... zo geëmotioneerd, dat mevrouw Grijpskerk zich dat voorval nu na maanden nog herinnert.'
Vledder maakte een afwerend gebaar.
'Zoveel indruk maakte het toch niet op haar? Ze heeft niet verder naar bijzonderheden gevraagd.'
De jonge rechercheur zweeg even.
'Wat hebben we aan de identiteit van die vader?' ging hij wat gejaagd verder. 'Niets. Totaal niets. Hoe wil je hem in verband brengen met de moorden op Victor Handgraaf en Cornelis Grijpskerk?'
'Er moet toch íéts zijn dat de dader drijft,' riep De Cock gespannen. 'Er moet een motief zijn voor de twee gruwelijke moorden. Gezien de bizarre entourage... samengeknoopte schoenveters, gevouwen handen, vastgeplakte vingers... hebben we echt niet met een imbeciel van doen. De moorden zijn terdege voorbereid.'
Vledder zuchtte.
'Willemijn Handgraaf had een motief.'
'Ten aanzien van haar vader,' antwoordde De Cock gemelijk. 'Zeker. Maar verder? Hoe dicht je de knappe Willemijn een motief toe voor de moord op Cornelis Grijpskerk, een man die ze vermoedelijk niet eens heeft gekend en met wie ze, voor zover we weten, nooit contact heeft gehad?'
Vledder reageerde niet.
De oude rechercheur keek op zijn horloge.
'We hebben nog wat tijd voor jij op Westgaarde moet zijn voor de gerechtelijke sectie. Ik wil nog even naar het sigarenwinkeltje van Arnold van Heusden in de Oude Hoogstraat.'
Vledder fronste zijn wenkbrauwen.
'Waarom?'
'Ik wil weten of zijn jonge wietvriend al terecht is en of hij nog steeds diens identiteit voor ons verborgen wil houden.'

Vledder vond voor hun oude Golf een redelijk parkeerplekje op de Kloveniersburgwal, kort bij de Spinhuissteeg. De rechercheurs slenterden naar de smalle Oude Hoogstraat.
Arnold van Heusden stond achter de toonbank van zijn kleine sigarenwinkel en keek verrast op toen De Cock en Vledder onverwacht bij hem binnenstapten. Zijn lichtgroene ogen twinkelden en op zijn gezicht verscheen een brede grijns.
'Wat verschaft me het genoegen van uw komst?' vroeg hij licht spottend.
De Cock trok zijn gezicht in een ernstige plooi.
'We zijn van mening dat we u op de hoogte dienen te houden van de vorderingen van ons onderzoek.'
De oude rechercheur blikte om zich heen.
'Kunnen we hier gestoord worden door binnenkomende cliëntèle?'
Van Heusden knikte. Hij kwam achter de toonbank vandaan, liep naar de toegangsdeur van de winkel en draaide die op slot. Daarna ging hij de rechercheurs voor naar een kleine kamer achter de winkel. Hij gebaarde naar een fleurig gedekte tafel met eromheen vier rieten stoelen.
'Neemt u plaats. Veel ruimte heb ik hier niet. Een slaapkamer en een kleine handige keuken. Meer heb ik ook niet nodig. Mijn hele voorraad staat in de winkel.'
Vledder en De Cock gingen aan de tafel zitten. De rieten stoel van De Cock kraakte vervaarlijk. Vledder hoopte dat de stoel het niet zou begeven onder het gewicht van zijn collega. Het zou het serieuze karakter van hun bezoek totaal tenietdoen. Maar ook de meest vermolmde trap in de oude Amsterdamse pandjes die ze samen bezochten had het gewicht van De Cock tot nu toe gehouden. Misschien moest hij in het vervolg niet zo dicht achter zijn oude collega zo'n trap op lopen. Hij vertrok zijn gezicht even in een grijns bij de gedachte aan wat er ooit nog eens kon gebeuren.
Van Heusden nam tegenover hen plaats. Hij keek zijn bezoekers onderzoekend aan.
'Vorderingen... zijn die er al?'
De Cock tuitte zijn lippen en schudde vaag zijn hoofd.

'Niet direct in positieve zin. We hebben gisteravond een tweede slachtoffer uit het water van de Keizersgracht gevist. Gezien de omstandigheden zijn we ervan overtuigd dat beide mannen op identieke wijze zijn vermoord. Let wel... door dezelfde dader.'
De sigarenwinkelier keek hem geschrokken aan.
'Dat is verschrikkelijk. Wie... eh, wie is dat tweede slachtoffer?'
De Cock zuchtte.
'Een ander toplid van de Foundation aan de Keizersgracht. Cornelis Grijpskerk.'
Arnold van Heusden schudde zijn hoofd.
'Ken ik niet.'
De Cock plukte aan zijn neus.
'Voor de moord op dat tweede slachtoffer kan ik voor Willemijn Handgraaf geen redelijk motief vinden. Zij heeft volgens mij geen enkel belang bij zijn dood.'
'Wat wil dat zeggen?'
De Cock gebaarde. Weer dacht Vledder dat het voor de stoel beter was dat De Cock heel rustig bleef zitten. De Cock had het ook in de gaten en legde zijn handen op de tafel.
'Op basis daarvan,' sprak hij onverstoord, 'groeit bij ons de overtuiging dat Willemijn, ondanks haar spectaculaire aanbod van vijftigduizend euro, niet betrokken is bij de moord op haar vader.'
Van Heusden fronste zijn wenkbrauwen.
'Een vergaande conclusie.'
De Cock knikte.
'Zover ons onderzoek nu reikt, hoeft u de identiteit van uw jonge wietvriend voor ons niet langer meer verborgen te houden.'
Van Heusden maakte een hulpeloos gebaar.
'Mijn jonge vriend is weg. Totaal van de aardbodem verdwenen. Daarvan heb ik bij u al melding gemaakt. Nadien is hij niet meer komen opdagen.'
'U hebt toch zijn adres?'
'Zeker, maar hij is daar uit de Pijp verdwenen.'
De Cock keek hem schuins aan.
'Hij woonde in de Pijp?'
Zijn stem trilde van de verrassing.

Arnold van Heusden knikte opnieuw.
'Op een hok, een smerige, praktisch onbewoonbare zolderkamer in de Karel du Jardinstraat. Dat hok is leeg. Er liggen nog wat vodden en andere achtergelaten rotzooi. Ik ben er pas nog geweest. Ook het grietje met wie hij samenleefde, die Willemijn, is verdwenen.'
De Cock boog zich naar hem toe. 'Hebt u dat "grietje" van hem wel eens ontmoet?' vroeg hij glimlachend.
'Eén keer. Mijn jonge vriend was er toen niet. Ik vond haar slapend op een vervuild tweepersoonsbed bedekt met een laag vodden.'
'U hebt haar gewekt?'
Arnold van Heusden knikte. 'Ik wilde van haar weten waar haar vriend was.'
'U hebt haar ook begerig bekeken?'
'Begerig?'
De Cock knikte. 'Kent u dat begrip niet?'
Van Heusden ging rechtop zitten. 'Hij die een vrouw aanziet om haar te begeren,' declameerde hij, 'heeft reeds overspel begaan.'
De Cock keek hem verrast aan. 'Een bekend Bijbelwoord.'
'Ik kom uit een calvinistisch nest,' zei Van Heusden met een glimlachje. 'Door mijn ouders werd ik al vroeg op de rails gehouden door Bijbelteksten.'
Even zweeg hij.
'Inderdaad,' vervolgde hij toen, 'het grietje was om te begeren. U hebt gelijk. Een absolute schoonheid. Bijzonder aantrekkelijk. Wulps, met een bijna dierlijke seksuele uitstraling.'
De Cock glimlachte. 'En uw jonge wietvriend,' sprak hij traag, 'is Laurens... Laurens van der Dungen.'
Arnold van Heusden kneep zijn ogen halfdicht.
'U hebt hem weer gearresteerd?'
De Cock schudde zijn hoofd. Van Heusden spreidde zijn handen.
'Waar is hij met dat meisje gebleven?'
De Cock trok zijn schouders op.
'Ik denk dat Willemijn Handgraaf bij de bank van haar vader vast een voorschot op haar erfdeel heeft opgenomen en inmid-

dels met uw jonge wietvriend een riant onderkomen heeft gevonden.'

Ze sloften van het nietige sigarenwinkeltje aan de Oude Hoogstraat terug naar de Kloveniersburgwal en reden in hun politiewagen weg.

'De Cock,' zei Vledder, 'ik dacht even dat je door dat rieten stoeltje zou zakken. Door jouw gewicht krijgen we nog eens ongelukken.'

'Waarom?' vroeg de oude speurder geïrriteerd.

'Als we weer zo'n verrotte trap in een afbraakpandje op moeten, wacht ik wel beneden tot jij boven bent. Je zou iets aan lichaamsbeweging moeten doen. Iets moeten afvallen. Neem een hond.'

'Aan zulke dingen denk ik pas als ik met pensioen ben. Hou je mond daar nu verder over.'

'Terug naar de Kit?' vroeg Vledder luchtig om verder niet flauw te doen over het gewicht van zijn mentor.

De Cock knikte.

'Het wordt voor jou langzamerhand tijd. Als je dokter Rusteloos niet wilt laten wachten, dan heb je wel een uurtje nodig.'

Vledder blikte opzij.

'Ik denk dat die jeugdige wietvriend van Arnold van Heusden hem al die tijd aardig voor de gek heeft gehouden.'

De Cock schudde zijn hoofd.

'Maar niet ten aanzien van de financiële actie van zijn vriendinnetje Willemijn voor de moord op haar vader. Dat klopte.'

Vledder keek hem vragend aan.

'Moeten we haar niet zoeken? Het blijft toch een vreemde griet. Misschien heeft ze Cornelis Grijpskerk wel gekend en past ook hij in haar moordzuchtige plan.'

De Cock maakte een schouderbeweging.

'Voorlopig,' sprak hij hoofdschuddend, 'heb ik nog geen belangstelling voor Willemijn.'

Vledder lachte. 'Als Laurens van der Dungen via zijn Willemijn vanaf nu over veel geld beschikt, dan zijn we in ieder geval van een notoire veelpleger verlost.'

De Cock krabde zich achter in zijn nek. 'Zolang zal mijn armoede duren.'
'Een kreet van je oude moeder?'
'Precies.'

Omdat Jan Rozenbrand achter de balie voor hen geen hinderlijke mededelingen had, konden ze ongestoord de hal van het politiebureau aan de Warmoesstraat passeren en de stenen trap naar de tweede etage beklimmen.
Langzaam nam De Cock de treden. Hij keek even om.
'Hier hoef je beneden niet te wachten, Dick,' gniffelde hij.
In de grote recherchekamer vond Vledder op het blad van zijn bureau een aantal rapporten. Hij schoof ze naar zich toe en begon te lezen. Blij keek hij op naar De Cock.
'De Mercedes van Victor Handgraaf is teruggevonden.'
'Waar?'
'Op de vierde verdieping van de parkeergarage bij de Bijenkorf aan het Beursplein.'
'En?'
Vledder las verder. 'Het stempel op de parkeerkaart die in de wagen is teruggevonden, geeft twaalf uur dertig aan.'
De Cock trok een denkrimpel in zijn voorhoofd. 'Dat is een halfuurtje na het vertrek van Handgraaf en Grijpskerk uit Duivendrecht.'
Vledder legde het rapport voor zich neer. 'Dan zijn ze vermoedelijk nooit van plan geweest om naar China te gaan.'
De Cock kneep zijn lippen op elkaar. 'Of,' reageerde hij nadenkend, 'ze wilden voor hun vertrek nog iemand een bezoek brengen.'
Vledder knikte. 'Iets of iemand in de buurt van de oude binnenstad.'
De Cock spreidde zijn handen. 'Misschien wilden ze eerst nog even terug naar het kantoor van de Foundation aan de Keizersgracht. Daar is zeker overdag vrijwel nooit een parkeerplaats te vinden.'
Vledder hield zijn hoofd scheef. 'Vind je de afstand tussen de parkeergarage aan het Beursplein en de Keizersgracht niet te groot?'

De Cock schudde zijn hoofd. 'Er is dichterbij geen plek te vinden om je auto kwijt te raken.'
De oude rechercheur wees naar het tweede rapport. 'Wat is dat?'
'Van het Gerechtelijk Laboratorium in Rijswijk. Dokter Rusteloos heeft blijkbaar toch bloed, urine, deeltjes van de lever en de nieren, maag- en darminhoud van Victor Handgraaf laten overbrengen voor een uitgebreid toxicologisch onderzoek.'
'Wat staat er?'
Vledder schudde zijn hoofd. 'Wacht even... zover ben ik nog niet.'
De jonge rechercheur las verder. 'In de lijkdelen van Victor Handgraaf, staat hier, is een zeer hoge dosering van de stof gammahydroxybutyraat aangetroffen.'
De Cock trok zijn neus op. 'Wát is aangetroffen? Zeg het nog eens?'
Vledder maakte een hulpeloos gebaar. 'Ik kan het woord bijna niet uitspreken. Dat spul wordt volgens dit rapport ook wel gammahydroxyboterzuur genoemd of aangeduid als GHB. Er is een uitgebreide aanvulling over dat GHB bijgesloten.'
Hij las hardop verder.
'GHB is een verdovingsmiddel dat gebruikt wordt om olifanten onder zeil te krijgen. De dosering, nodig voor de verdoving van een olifant, is gewoonlijk dodelijk voor de mens. Als men GHB in verdunde vorm drinkt, gaat men – overvallen door een onbedwingbare slaap – gewoon gestrekt en weet men zich later niets meer te herinneren. Daar kan gemakkelijk misbruik van worden gemaakt. GHB kan stiekem in een drankje worden gedaan. Slachtoffer hiervan zijn vaak jonge meisjes, die vervolgens worden misbruikt. Bij een hogere dosering raakt men zelfs in coma. Het spul wordt ook wel "verkrachtingsdrug" genoemd en staat op lijst II van de Opiumwet.'
Vledder smeet het rapport voor zich op zijn bureau. 'Dat is lekker spul, zeg!'
De Cock leunde naar achteren. 'Kortom,' verzuchtte hij. 'Victor Handgraaf werd gedrogeerd.'

13

‘Gedrogeerd?’
De Cock zwaaide.
‘Absoluut! Met dat gore spul... dat afschuwelijke geehaabee.’
‘Waarom?’
De Cock grijnsde breed.
‘Volgens mij een overbodige vraag. Een vraag waarop maar één antwoord mogelijk is: om het slachtoffer weerloos te maken.’
‘Weerloos... je bedoelt rijp voor een volgende behandeling... en wel: verdrinking.’
‘Precies.’
Vledder trommelde met zijn wijsvinger op het voor hem liggende rapport.
‘Gruwelijk. Verwacht je dat ook het tweede slachtoffer, Cornelis Grijpskerk, werd gedrogeerd?’
De Cock knikte traag.
‘Ik neig ertoe om aan te nemen dat Victor Handgraaf en Cornelis Grijpskerk allebei van hetzelfde drankje hebben gedronken.’
Vledder zuchtte.
‘Een door de geheimzinnige moordenaar, of moordenares – jij zegt toch altijd dat vrouwen graag gif gebruiken – zorgvuldig bereide consumptie.’
De Cock knikte
‘Een drankje sluw vermengd met het uiterst verraderlijke GHB.’

De oude rechercheur stond van zijn bureaustoel op, slenterde met lome passen naar de kapstok en schoof zijn oude hoedje over zijn grijze haren.
Vledder kwam hem achterna.
‘Waar ga je heen?’
De Cock draaide zich naar hem om.

'Ik ga met jou mee.'
Vledder keek hem ongelovig aan.
'Naar Westgaarde bedoel je? Voor de sectie?'
De Cock schudde zijn hoofd.
'Nee, daar heb ik echt geen zin meer in,' sprak hij afwijzend. 'Ik heb in mijn lange leven bij de recherche genoeg gerechtelijke secties bijgewoond. Ik ken de procedure en weet hoe een lijk er vanbinnen uitziet.'
Vledder grinnikte.
'Je moet de routine bijhouden.'
De Cock negeerde de opmerking.
'Ik wil dat jij me op weg naar het sectielokaal even in de Vondelstraat in de buurt van perceel 753 afzet.'
'Wat is daar?' vroeg Vledder.
De Cock trok zijn regenjas aan.
'In de Vondelstraat woont Derek van Achterdiep met zijn vrouw. Weet je nog? Jouw holle bolle Gijs, een van de topdirecteuren van de Handgraaf Foundation. Ik wil weten of hij intussen al terecht is.'
Vledder fronste zijn wenkbrauwen.
'Verwacht je dan dat hij is verdwenen.'
'Ja.'
'Voorgoed? Je bedoelt vermoord?'
'Precies.'
De Cock haalde zijn schouders op.
'Dat is heel goed mogelijk. Als de moordenaar erop uit is om de gehele Handgraaf Foundation stuurloos te maken, dan is het laten verdwijnen van Derek van Achterdiep een doelgerichte actie.'
Vledder keek hem onderzoekend aan.
'Zie jij het stuurloos maken van de Handgraaf Foundation als een motief?'
De Cock maakte een hulpeloos gebaar.
'Wat moet ik er anders van denken. Vanaf de moord op Victor Handgraaf zoek ik naar een begrijpelijk motief... probeer ik de drijfveren van de dader te ontrafelen.'
Vledder zuchtte.

'Misschien kan de vrouw van Derek van Achterdiep enige opheldering brengen.'
'Dat hoop ik.'
Vledder hield zijn hoofd iets schuin.
'Haal ik jou na afloop van de sectie weer op in de Vondelstraat?'
De Cock schudde zijn hoofd.
'Ik ga wel met de tram terug naar de Kit.'
De oude rechercheur stak zijn wijsvinger omhoog.
'Als je straks op Westgaarde bent, bedank dan de patholoog-anatoom dat hij zo attent was om bij de gerechtelijke sectie van Victor Handgraaf zelf al aan een toxicologisch onderzoek te denken.'
Vledder knikte.
'Dat doe ik.'
'Ik was op dat moment nog niet zover,' sprak De Cock verontschuldigend. 'Vraag aan dokter Rusteloos waarom hij na afloop van de gerechtelijke sectie wel aan een mogelijke bedwelming dacht.'
Vledder trok denkrimpels in zijn voorhoofd.
'Ik... eh, ik denk,' sprak hij schuchter, 'dat ik het antwoord wel weet.'
'Nou?'
De jonge rechercheur sloeg zijn hand tegen zijn borst.
'In de longen van het slachtoffer trof hij geen vervuild water uit de gracht aan.'
De ogen van De Cock lichtten op.
'Heel goed, Dick,' riep hij bewonderend. 'Heel goed. Erg knap. Schrander. Dokter Rusteloos zocht een antwoord op de vraag hoe bij een drenkeling uit de gracht het water in de longen zo helder kon zijn.'
Vledder glimlachte.
'En dus dacht hij aan bedwelming vooraf.'
De Cock ademde diep.
'Bedwelming voordat het slachtoffer verdronk. Dat is slim van dokter Rusteloos.'
Vledder grinnikte.

'Verdronken in leidingwater?'
De Cock stak zijn handen open naar voren.
'Die analyse hebben we nog niet.'

De oude rechercheur keek toe hoe Vledder enkele uren later vrij opgeruimd de grote recherchekamer binnenkwam en met een vrolijke grijns op zijn gezicht achter zijn bureau ging zitten.
'Dokter Rusteloos was erg ingenomen met jouw compliment, dat hij als patholoog-anatoom eerder aan de mogelijkheid van bedwelming dacht dan jij. "Zijn wij als lijkensnijders toch nog ergens goed voor", reageerde hij spottend.'
De Cock glimlachte vermoeid.
'Hoe was vanmiddag de sectie op het lijk van Cornelis Grijpskerk?'
'Niet verrassend,' antwoordde Vledder. 'Een getrouwe kopie van de moord op Victor Handgraaf.'
De Cock knikte begrijpend.
'Gevouwen handen met vastgelijmde vingers, zoals we al dachten, en helder water in de longen?'
'Precies.'
'Of ook hij met GHB werd gedrogeerd moeten we nog afwachten.'
'En voor een uitgebreid toxicologische onderzoek gaan de gebruikelijke lijkdelen van Grijpskerk via dokter Rusteloos naar het lab in Rijswijk. Normale procedure.'
De jonge rechercheur boog zich naar voren.
'Heb je nog iets bereikt bij je bezoek aan de vrouw van Derek van Achterdiep?'
De Cock maakte een lichte schouderbeweging.
'Hij is weg.'
Vledder fronste zijn wenkbrauwen.
'Van Achterdiep is nog steeds niet boven water?'
'In het verband van ons onderzoek klinkt dat niet zo grappig, Dick. Laten we het zo zeggen, zijn vrouw heeft na zijn vertrek niets meer van hem vernomen.'
'Weet ze ook niet waar hij naartoe is gegaan, of hij een afspraak met iemand had, een of ander plan?'

De Cock zuchtte.
'Hij is 's morgens net na negen uur zonder iets te zeggen – zelfs zonder een gemompeld afscheid, zei ze – te voet van huis vertrokken. Zijn auto, een Mercedes, staat nog voor de deur geparkeerd. Het gebeurde volgens haar wel vaker dat hij met de tram naar het kantoor van de Foundation aan de Keizersgracht ging.'
'Heeft ze bij de politie van haar district melding van zijn vermissing gedaan?'
De Cock schudde zijn hoofd.
'Ik heb haar aangeboden dat te doen, maar dat wil ze niet... nog niet. Ze is er heilig van overtuigd dat haar man een dezer dagen weer komt opdagen.'
Vledder snoof.
'Als je mij vraagt... een ijdele gedachte. Ik denk eerder aan bovendrijven.'
De Cock negeerde de opmerking.
'Ik heb nog naar de geloofsovertuiging van Derek van Achterdiep gevraagd.'
'Wat zei ze daarop?'
De Cock glimlachte.
'Zo'n dertig jaar geleden zijn de heer en mevrouw Van Achterdiep, bezield van vrome gedachten, wel in de kerk getrouwd, maar of die inzegening de basis van een gelukkig huwelijk was, waag ik te betwijfelen.'
'Waar leid je dat uit af?' vroeg Vledder.
De Cock trok een bedenkelijk gezicht.
'Ze was niet echt bedroefd of angstig. Ook niet bezorgd. Ze sprak nogal afstandelijk over haar man. Zonder emotie. Ik heb haar niet één keer zijn voornaam horen gebruiken.'
Vledder grinnikte.
'Maar ze is ervan overtuigd dat hij wel weer boven water komt?'
De Cock grinnikte droog.
'Ik ook.'
Vledder keek hem verwonderd aan.
'Hoezo, jij ook?'

De Cock knikte opnieuw. Hij keek op zijn horloge, kwam uit zijn stoel overeind en liep schommelend naar de kapstok.
Vledder kwam hem achterna.
'Waar ga je heen?'
De Cock gebaarde voor zich uit.
'Na mijn teleurstellende bezoek aan mevrouw Van Achterdiep heb ik iets georganiseerd.'
'Wat?'
'We gaan varen.'
Vledder trok een gek gezicht.
'Varen? Je zal toch niet bedoelen dat we er een dagje van gaan maken?'
De Cock glimlachte.
'Wil je met de rondvaartboot? Dat doe je dan maar in je eigen tijd. Nee, we gaan varen met een schuit van de Rijkspolitie te Water.'
'Waarheen?'
'Naar de onheilsplek aan de Keizersgracht waar Victor Handgraaf en Cornelis Grijpskerk met gevouwen handen boven kwamen drijven. Daar gaan we dreggen.'
Vledder knikte met een opgetrokken neus.
'Een stinkende klus, De Cock. Je wilt kijken of het lukt om daar ook Derek van Achterdiep letterlijk boven water te halen.'

Toen De Cock, gevolgd door Vledder, het kantoor van de Rijkspolitie te Water aan de Westerdoksdijk binnenstapte, blikte hij verbaasd naar de lange statige man die vanachter zijn bureau was opgestaan.
'Rijpkema!' riep hij verrast. 'Hans Rijpkema.'
De man liep op hem toe en knikte traag.
'Je hebt nog steeds een goed geheugen voor gezichten,' stelde hij kalm vast.
De Cock glimlachte.
'En voor namen,' reageerde hij gevleid. 'Een prettige beroepsdeformatie.' De oude rechercheur bezag de man enige ogenblikken met volle aandacht. Zijn scherpe blik gleed langs de wilskrachtige kin omhoog naar de staalblauwe ogen.

'Je ziet er goed uit,' sprak de grijze speurder bewonderend. Hij schudde zijn hoofd. 'Hans Rijpkema,' herhaalde hij met een zucht. 'Ik wist niet dat je nog leefde.'
De lange man grijnsde. Met gespreide vingers streek hij door zijn zilvergrijze haren, die bijna tot zijn schouders reikten.
'Als ik 's morgens in de krant mijn naam niet bij de overlijdensberichten zie staan,' sprak hij opgewekt, 'begin ik elke dag weer met kinderlijk plezier.'
De Cock keek hem even aan, beluisterde de toon, maar reageerde verder niet. Hij wees voor zich uit.
'Ken je Dick Vledder... hoop des vaderlands... sinds jaar en dag mijn onvolprezen hulp en ooit misschien mijn opvolger?'
Vledder stond er ongemakkelijk bij te grinniken.
Rijpkema fronste zijn wenkbrauwen.
'Was hij al bij ons toen ik wegging?'
'Hij is kort nadat jij vertrok bij ons gekomen.'
De Cock wuifde om zich heen.
'Hoe kom je hier terecht? Ik wist niet dat je bij de Rijkspolitie te Water was ingedeeld. Volgens mijn laatste informatie zat je bij de paarden.'
'Het Korps Landelijke Politiediensten,' verbeterde Rijpkema. 'Dienst Levende Have.'
De Cock grijnsde.
'Je zat toch op een paard?'
Hans Rijpkema lachte.
'Paarden behoren ook tot de levende have. Ik heb daar jaren met plezier dienstgedaan, tot ik in de leiding een jonge vrouw boven me kreeg aangesteld, met wie ik het niet zo goed kon vinden.'
De Cock knikte begrijpend.
'Toen stapte je van de paarden over op de golven van het Amsterdamse watergebied.'
'Sinds kort. Maar dat is geen bezwaar. In de tijd dat ik met jou aan de Warmoesstraat zat, heb ik de grachtengordel goed leren kennen.'
'Je weet dus waar je de Keizersgracht kunt vinden?'
'Blindelings.'

De Cock glimlachte.
'Ik zou mijn ogen er toch maar bij openhouden.'

Met een kleine boot zonder opbouw en een pruttelende motor voeren ze vanaf de Westerdoksdijk over het IJ naar de Westelijke Doorgang. Terwijl in de doorgang de treinen boven hun hoofd raasden bereikten ze het water van de Singel. Daar voeren ze rechtsaf de Brouwersgracht op. Onder enkele lage bruggen door bereikten ze de Keizersgracht. Voor de Leliegracht bracht Hans Rijpkema op verzoek van De Cock de kleine politieschuit tot stilstand.
De oude rechercheur gebaarde als een kapitein voor zich uit, vond Vledder. Het was wel een aardige onderbreking van hun dagelijkse bezigheden. Als rechercheur had hij zelden op een politievaartuig meegevaren.
'Ongeveer op die plek,' wees De Cock, 'met een dag verschil, vonden we twee waterlijken.'
Rijpkema keek naar hem op.
'Heb je nog steeds zo'n pest aan waterlijken?'
De Cock grinnikte.
'Heb je dat onthouden?'
'Je was er berucht om,' zei Rijpkema. 'Om je te pesten hebben we je wel eens een waterlijk in de schoenen geschoven waarop je feitelijk geen recht had.'
'Lekkere jongens.'
Rijpkema lachte.
'Alleen om jou te horen razen.'
'Bij beide lijken,' ging De Cock onverstoord verder, 'waren de veters van de schoenen stevig aan elkaar geknoopt en lagen de handen gevouwen op de borst. Zoals later bleek waren de vingers van de handen aan elkaar gelijmd.'
'Huh, gruwelijk.'
De Cock knikte.
'Ik ben er haast van overtuigd dat op dezelfde plek, hier in de gracht, een derde lijk in het water is gedumpt.'
'Kortgeleden?'
'Ja.'

‘Groot van postuur?’
De Cock glimlachte.
‘Een zwaargebouwde man. Vledder typeerde hem als een holle bolle Gijs.’
‘Dan dreggen we niet al te diep,’ antwoordde Rijpkema. ‘We moeten vermijden dat we allerlei vuile troep loswoelen en boven water halen. Daar hebben we niets aan.’

Na tientallen vergeefse pogingen hield Hans Rijpkema een korte pauze. Hij keek De Cock onderzoekend aan.
‘Je ziet geen spoken?’
De Cock grijnsde.
‘Zag ik ze ooit wel eens?’
Rijpkema schudde zijn hoofd en zette zijn werk voort.
Na ruim een uur haalde de dreg het lichaam van een man boven water. Hans Rijpkema legde heel professioneel het wat gezwollen lijk met een touw aan de politieboot vast.
Vledder zakte door zijn knieën en boog zich over de rand. Hij keek schuin omhoog naar De Cock.
‘Je hebt weer eens gelijk gekregen, baas. Het is Derek van Achterdiep... met gebonden schoenveters en gevouwen handen op zijn borst.’

14

Schipper Hans Rijpkema wees naar het ontzielde lichaam van Derek van Achterdiep boven het grachtenwater aan de zijkant van het politievaartuig.
'Wat moet er met hem gebeuren?'
De Cock lachte.
'Dat moet jij als oud-rechercheur van bureau Warmoesstraat toch weten. Ik verzeker je, die vent is vermoord.'
Hans Rijpkema trok een grijns.
'Als ik me goed herinner, dan moet het slachtoffer nu naar het sectielokaal?' vroeg hij als een leerling die naar het juiste antwoordt gist.
'Precies,' sprak De Cock met een hoofdknik. 'Naar het sectielokaal. Dat is niet meer in dat oude griezelige pand aan de Overtoom, zoals in jouw tijd, maar in een modern lokaal op de begraafplaats Westgaarde aan de Ookmeerweg.'
'Dat werd tijd.'
De oude rechercheur riep Vledder bij zich.
'Stel je in verbinding met de Geneeskundige Dienst en vraag om twee ambulances. Eén met een net om het waterlijk op de wal te hijsen en één om het slachtoffer naar Westgaarde te vervoeren.'
'En dan?'
De Cock gebaarde naar de dode in het water.
'Als we van het lijk van de heer Van Achterdiep verlost zijn, varen we met Hans Rijpkema rustig terug naar het kantoor van de Rijkspolitie te Water aan de Westerdoksdijk. Dan heb je toch nog je pleziervaart. En dan,' de oude rechercheur spreidde zijn armen, 'dan scheiden zich onze wegen.'
Vledder keek hem verwonderd aan.
'Hoezo?'
De Cock gebaarde voor zich uit.
'Na onze hartelijke dank voor bewezen diensten, laten we Hans Rijpkema met zijn schuit achter aan de Westerdoksdijk, en jij

waarschuwt de meute met het verzoek om naar het sectielokaal op Westgaarde te komen.'
Vledder knikte begrijpend.
'En dan gaan we naar Westgaarde.'
De Cock schudde zijn hoofd.
'Jíj, Dick, jij gaat naar Westgaarde om de meute te ontvangen en de zaak daar verder af te wikkelen.'
'En jíj?'
De Cock glimlachte om de klemtoon die ook Vledder op *jij* legde.
'Ik laat me door jou naar bureau Warmoesstraat brengen.' Hij blikte even op zijn horloge. 'Over ongeveer drie kwartier heb ik daar een afspraak.'
'Met wie?'
'De vierde man.'
Vledder keek hem niet-begrijpend aan.
'De vierde man? Heb ik iets gemist? Waar tover je een vierde man vandaan, vierde waarvan?'
De Cock knikte.
'Even bij de les blijven. Wat dacht je van Peter Freedestein... de man van de Foundation die we tot nu toe nog niet hebben benaderd, die ga ik straks spreken.'
Het gezicht van Vledder klaarde op.
'Het lulletje lampenkatoen.'
De Cock plooide zijn lippen in een tuitje.
'Een kwalificatie,' formuleerde hij voorzichtig, 'van wijlen de nogal heetgebakerde Cornelis Grijpskerk. Het is de vraag of ik die mening zal delen.'
De oude rechercheur zweeg even.
'Peter Freedestein,' ging hij verder, 'de directeur uit Leiden, is in ieder geval de vierde man van – zoals ik het zie – de met volledige uitroeiing bedreigde top van de Handgraaf Foundation.'
'Daarvan ben jij overtuigd.'
'Ja.'
Vledder trok een bedenkelijk gezicht.
'Zou die Peter Freedestein nog leven... of ligt die ook al op de bodem van de gracht?'

De Cock haalde zijn schouders op.
'Vanmiddag had ik hem nog aan de telefoon.'

De Cock keek de man die op de stoel naast zijn bureau zat, onderzoekend aan. Hij schatte hem op achter in de veertig. Hij had een ovaal gelaat, iets door de zon gekleurd, bruine ogen en beginnend grijs in een zwarte haardos. Hij droeg een keurig grijs kostuum, waaronder een smetteloos wit overhemd met een bijpassende stropdas. De oude rechercheur zag in het voorkomen van de man niets wat hem tot een 'lulletje lampenkatoen' zou kunnen kwalificeren.
De grijze speurder schonk hem een milde glimlach.
'Mijn naam is De Cock,' sprak hij vriendelijk. 'De Cock, met ceeooceekaa. Ik ben de rechercheur die u vanmiddag via de telefoon heeft verzocht om vanavond naar dit bureau te komen.'
Hij zweeg even.
'U bent Peter Freedestein?'
'Dat ben ik, ja.'
'Mededirecteur en mede-eigenaar van de Handgraaf Foundation?'
'Precies.'
De Cock glimlachte opnieuw.
'Ik weet niet in hoeverre u bent ingelicht, maar volgens mijn informatie bent u thans volledig eigenaar en onbetwist leider van de Handgraaf Foundation.'
Freedestein keek hem verwonderd aan.
'Ik... eh, ik vraag me af,' formuleerde hij voorzichtig, 'of ú wel goed bent ingelicht. Ik beheer slechts een kleine onderafdeling van de Foundation in Leiden.'
De Cock fronste zijn wenkbrauwen.
'U weet nog niet wat er met Victor Handgraaf en Cornelis Grijpskerk is gebeurd?'
Peter Freedestein schudde zijn hoofd.
'Die twee zouden naar China gaan om nieuwe handelscontacten te zoeken.'
De Cock keek hem schuins aan.
'Dat is uw laatste informatie?'

'Ik heb over die twee geen nadere berichten uit Amsterdam ontvangen.'
'Vreemd,' zei De Cock peinzend en monsterde het gezicht van Freedestein, die zijn schouders lichtjes optrok.
'Ik hou me altijd wat afzijdig... bemoei me niet met wat er op het kantoor in Amsterdam aan de Keizersgracht wordt bekokstoofd. Dat bevalt me goed zo. Het is een houding die me buiten de problemen houdt.'
De Cock trok zijn gezicht in een ernstige plooi.
'Victor Handgraaf en Cornelis Grijpskerk,' sprak De Cock gedragen, 'hebben China nooit bereikt. Ze zijn beiden vermoord. We hebben hun ontzielde lichamen uit het water van de Keizersgracht opgevist.'
Peter Freedestein sloot zijn ogen en keek even naar de grond, toen zuchtte hij diep.
'Verschrikkelijk,' zei hij zacht. 'Van die droeve tijding ben ik nooit op de hoogte gebracht.'
'Dat is niet alles,' vervolgde De Cock. 'Nog geen twee uur geleden hebben we na enige tijd aanhoudend dreggen in het water van diezelfde Keizersgracht het lichaam van Derek van Achterdiep gevonden.'
Freedestein keek de oude rechercheur verward en gepijnigd aan.
'Ook vermoord?'
De Cock knikte.
'Op exact dezelfde wijze als de directeuren Handgraaf en Grijpskerk.'
'Wie heeft dat gedaan?'
De Cock maakte een schouderbeweging.
'Daarover tasten we nog in het duister.'
Peter Freedestein schudde zijn hoofd.
'Waarom werden die mensen vermoord? Ik bedoel, wie heeft daar belang bij?'
De Cock plukte even aan zijn neus.
'Over dat "belang" heb ik geruime tijd nagedacht. Het spijt me, maar daar heb ik slechts één antwoord op gevonden. De enige man die belang heeft bij de dood van drie mede-eigenaren en mededirecteuren, bent u.'

Peter Freedestein keek hem verdwaasd aan.
'U... eh, u... eh, u denkt,' stotterde hij, 'dat ik drie mannen heb omgebracht? Mijn mededirecteuren?'
De Cock keek de man gelaten aan.
'Heer Freedestein,' zei hij, 'hoe zou u denken wanneer u als ervaren rechercheur een moordzaak met driemaal dezelfde kenmerken in behandeling had?'
Freedestein zwaaide afwerend. Zijn handen trilden en uit zijn gezicht was alle kleur verdwenen.
'Het is niet waar,' sprak hij verhit. 'Het is echt niet waar. Die vermoorde mannen waren niet mijn vrienden. Zeker niet. Ze hadden naar mijn gevoel iets griezeligs. Het waren intriganten, eerzuchtige mannen. Pure strebers. Daarom vermeed ik hun gezelschap zoveel als doenlijk, maar ik heb ze niet omgebracht.'
De Cock bleef onbewogen.
'Ik vroeg niet om een ontkenning,' sprak hij hoofdschuddend. 'Ik vroeg u om zich in mijn situatie als rechercheur te verplaatsen.'
Peter Freedestein reageerde driftig.
'Dat kan ik niet,' sprak hij heftig, 'en dat wil ik ook niet. Ik ben geen rechercheur.'
'Dat hoeft u ook niet. Ik vraag u om een overweging als mens met een gezond verstand.'
Freedestein keek hem vijandig aan.
'Ik maak die overweging niet,' reageerde hij nukkig.
De Cock boog zich iets naar hem toe.
'In alle redelijkheid... als iemand een grijpbaar motief voor de moorden had, dan was u het toch. De heren Handgraaf, Grijpskerk en Van Achterdiep waren u niet sympathiek... gevoelens van mededogen waren bij u niet, of slechts in geringe mate aanwezig. En de baten van uw optreden zijn niet onaanzienlijk. Integendeel, de moorden op uw mededirecteuren maken u puissant rijk.'
Peter Freedestein maakte een wanhopig gebaar.
'Ik wil niet rijk zijn... niet rijker dan ik nu al ben. Ik behoor niet tot het type Handgraaf en de anderen.'

De Cock zweeg even en bestudeerde het geschokte gezicht van Peter Freedestein.
'Bent u wel eens benaderd door een man die u om geld vroeg voor zijn zieke dochter?' vroeg hij ineens.
'Nee.'
De Cock leunde naar achteren in zijn stoel.
'Ondanks het motief dat ik u schetste, ontkent u uw mededirecteuren te hebben vermoord.'
Peter Freedestein schudde zijn hoofd.
'Ik was het niet.'
Met een vermoeid gebaar wreef De Cock met zijn vlakke rechterhand over zijn gezicht.
'Bent u als onschuldig man bereid om me behulpzaam te zijn bij het ontmaskeren van de ware schuldige?'
Freedestein liet zijn schouders hangen.
'Ik doe in dit verband,' verzuchtte hij, 'alles wat u van mij verlangt.'

De Cock had moeie voeten. Met zijn broekspijpen tot aan zijn knieën opgerold stak hij zijn witbleke benen in een teil dampend water. Parelend bruiszout kriebelde tussen zijn tenen.
Voorovergebogen en met een van pijn vertrokken gezicht streek hij met zijn handen langs zijn enkels. Het leek hem toe dat een legioen venijnige duiveltjes met lange scherpe naalden in de bollen van zijn kuiten prikten. De pijn gaf hem een onbehaaglijk gevoel van verslagenheid. Hij wist wat die pijn betekende. Wanneer een onderzoek slecht verliep en wanneer hij het idee had steeds verder van de oplossing weg te drijven, togen venijnige duiveltjes ten aanval en voelde hij zijn voeten. Hij blikte schuins omhoog naar zijn vrouw, die met een zware ketel heet water in haar hand voor hem stond.
'Moet er nog warm water bij?' vroeg ze bezorgd.
De Cock knikte.
'Doe wel voorzichtig, alsjeblieft.'
In zijn stem klonk angst.
Ze goot water in de teil.
'Nog meer?'

De oude rechercheur maakte een afwerend gebaar.
'Ik hoef niet levend gekookt te worden,' riep hij knorrig. 'Ik ben geen kreeft.'
Mevrouw De Cock lachte. Ze kende de stemmingen van haar man en wist dat zijn slechte humeur meer met zijn werk dan met zijn voeten te maken had.
'Ben je er nog niet uit?' vroeg ze liefjes.
De Cock schoof zijn benen heen en weer.
'Waaruit?' vroeg hij overbodig.
'Die moorden op de directeuren van de Handgraaf Foundation.'
De Cock schudde zijn hoofd.
'Vroeger leek het oplossen van een moordzaak op een kruiswoordpuzzel,' sprak hij mopperend, 'nu zijn het cryptogrammen.' Hij trok zijn rechterbeen iets omhoog en liet het water van zijn voet druipen. 'Vroeger droeg een crimineel een zwarte trui en had een baard van een paar dagen. Nu draagt hij een passende stropdas bij een kostuum van goede snit en is *cleanshaven*.'
Grommend trok hij zijn andere been uit het water en pakte een handdoek. Mevrouw De Cock stond er hoofdschuddend bij.
'Maak wat voort, Jurrian,' spoorde ze hem aan. 'Je moet naar de Warmoesstraat.'
De Cock snoof.
'Ik ben avond aan avond op pad. Ze kunnen 's morgens wel een uurtje op me wachten.'
Mevrouw De Cock zuchtte omstandig.
'Toe nou. Vledder heeft al een paar maal gebeld en gevraagd waar je bleef.'
De oude rechercheur keek op.
'Wat wil dat joch?'
Mevrouw De Cock bukte zich en nam de teil onder zijn voeten weg.
'Het is geen "joch",' verbeterde ze bestraffend. 'Hij is je collega. Een hardwerkende jongeman, aan wie je veel plezier beleeft. Hij was nogal enthousiast aan de telefoon en had het over een belangrijke ontwikkeling.'

De Cock bromde, liet zijn broekspijpen zakken en trok zijn sokken aan.
'Wat voor een ontwikkeling?'
'Dat heeft hij niet verteld. Hij zei alleen dat hij bezoek had gehad.'

Toen De Cock een uur later de grote recherchekamer binnenstapte, trof hij Vledder zoals gewoonlijk achter het scherm van zijn computer. De rappe vingers van de jonge rechercheur dansten over het toetsenbord. Toen hij de oude speurder in het oog kreeg, hield hij op en wachtte geduldig tot De Cock achter zijn bureau had plaatsgenomen.
'Je bent niet eens zo erg laat, vanmorgen. Als ik naar je gezicht kijk, ben je zelfs uren te vroeg. Lukt het niet om op gang te komen vandaag?'
De Cock leunde naar achteren in zijn stoel, stak zijn benen naar voren en wees.
'Ik had moeie voeten. Gisteravond al, maar ik was na het verhoor van Peter Freedestein te moe en te suf om erover na te denken. Ik ben in bed gerold en sliep direct. Vanmorgen voelde ik het weer. Toen heb ik mijn onwillige onderdanen eerst maar eens in een teil met warm water gezet.'
Vledder blikte hoofdschuddend en quasibezorgd naar hem op.
'Hoe is het nu?' vroeg hij net iets te liefjes.
De Cock kneep even in zijn kuiten en liet daarna zijn benen zakken.
'Het is weg!'
Het gezicht van Vledder klaarde op.
'Gelukkig... een pak van mijn hart.'
De Cock keek hem met enige achterdocht aan. Maar op het gezicht van de jonge rechercheur was geen spot te lezen.
'Je had vanmorgen al vroeg bezoek, zei mijn vrouw.'
'Ja, en je raadt het nooit... Smalle Lowietje.'
De Cock reageerde verrast.
'Was die hier aan de Kit?'
'Hij vroeg naar jou en hij was duidelijk teleurgesteld toen ik hem vertelde dat je er nog niet was.'

De Cock trok een denkrimpel in zijn voorhoofd.
'Smalle Lowietje verlaat niet graag zijn etablissement. Hij wil hier aan de Kit niet gezien worden. Dat is slecht voor zijn klandizie.'
Vledder grinnikte.
'Hij was ook zo weer weg. Ik kreeg geen tijd om hem iets te vragen.'
'Wat had hij?'
Vledder trok een velletje met een aantekening naar zich toe.
'Ik heb het maar opgeschreven. Hij zei letterlijk: *Bij de klapper hebben ze iemand misgekleund.*'
'Hij heeft niet gezegd wie?'
'Nee.'
'Dan wist hij dat ook niet.'
De jonge rechercheur tikte met zijn wijsvinger op zijn velletje met de aantekening.
'Dit is abracadabra voor mij. Kun je dit voor me vertalen in begrijpelijke taal?'
De Cock knikte traag.
'Ze hebben iemand misgekleund. Iemand die absoluut recht had op een deel van de gewonnen grote prijs in de loterij,' sprak hij somber, 'heeft men simpelweg niet laten meedelen in de poet.'
Vledder keek zijn oude leermeester onderzoekend aan.
'Vind je dat "miskleunen" belangrijk? Ik bedoel, net zo belangrijk als Smalle Lowietje? Hij had er een vroege tocht naar ons politiebureau voor over.'
De Cock knikte nadrukkelijk.
'Tijdens ons laatste bezoek aan zijn vermaarde etablissement gaf Lowietje me al een hint in die richting. "Er was destijds iets," zei hij, "met het verdelen van het geld." Ik heb er toen weinig aandacht aan geschonken, maar Lowie is blijkbaar in die richting door gaan vragen in zijn kennissenkring.'
Vledder keek hem verwonderd aan.
'Waarom?'
De Cock trok een vies gezicht.
'In kringen van de penoze is miskleunen een zwaar vergrijp. Het belazeren van een compagnon in het kwaad wordt als ver-

raad opgevat. Ik vermoed dat tal van de opzienbarende liquidatiemoorden van de laatste tijd te maken hebben met iets wat op miskleunen lijkt.'
Vledder maakte een hulpeloos gebaar.
'Hoe... eh, hoe komen we erachter,' sprak hij weifelend, 'wie er in ons geval is misgekleund?'
De Cock antwoordde niet direct.
'Hoe laat is de sectie op het lijk van Derek van Achterdiep?'
'Al om twaalf uur.'
'Vroeg.'
'Vind ik ook, maar het kwam dokter Rusteloos het beste uit. Ik kan moeilijk in de agenda van de patholoog-anatoom kijken en zelf een tijdstip vaststellen.'
De Cock lachte.
'Zorg dat je op tijd bent.'
'En wat ga jij intussen doen?'
De Cock gebaarde voor zich uit.
'Ik ga een bezoek brengen aan de IJsselsteinse Bank.'
'Wat moet je daar doen?' vroeg Vledder hooglijk verbaasd.
De Cock stak zijn wijsvinger op.
'Je vergeet dat Victor Handgraaf, Cornelis Grijpskerk, Derek van Achterdiep en Peter Freedestein tezamen op een afdeling van die bank hebben gewerkt.'
De blik van Vledder verhelderde.
'En daar,' riep hij vrolijk, 'een gigantische klapper uit de loterij hadden te verdelen.'
'Precies.'
'Trouwens, heb je gisteravond laat nog iets met die vierde man bereikt?'
De Cock knikte.
'Ik heb hem haarfijn en met overtuiging uiteengezet dat hij, Peter Freedestein, en hij alleen... er alle belang bij had om zijn drie mededirecteuren en mede-eigenaren stelselmatig uit de weg te ruimen om alleenheerser over de Foundation te worden.'
Vledder keek hem glunderend aan.
'En?'
De Cock glimlachte.

'Hij schrok zo van die directe beschuldiging, dat hij geen redelijke verdediging had. Hij kon mijn aantijgingen niet weerleggen.'
Vledder reageerde opgetogen.
'Hij bekende?'
'Nee, dan zat hij nu beneden in de cel en was de zaak opgelost. Hij ontkende met passie en overtuiging. Maar de angst voor mijn beschuldiging van een drievoudige moord zat zo diep, dat hij heeft toegezegd om ons hulp te verlenen... op welke manier dan ook... om de ware dader te ontmaskeren.'
'Daar ga je gebruik van maken?'
De Cock knikte traag.
'Als het zo uitkomt.'
De oude rechercheur keek op zijn horloge.
'Het wordt voor jou tijd om naar Westgaarde te gaan. Neem de Golf maar mee. Voor mijn corpulente habitus is een stevige wandeling naar de IJsselsteinse Bank aan de Herengracht een goede zaak.'

Ruim drie uur later bezag De Cock hoe Vledder opgewekt de grote recherchekamer binnenstapte. De jonge rechercheur liet zich op de stoel achter zijn bureau zakken.
'Dokter Rusteloos vroeg hoeveel waterlijken hij nog van ons te verwerken kreeg.'
De Cock glimlachte.
'Laten we hopen dat Van Achterdiep de laatste is. De moordenaar kan toch niet tot in lengte van dagen lijken in de Keizersgracht dumpen.'
'Er was wel een bijzonderheid,' zei Vledder. 'Een afwijking van de twee vorige slachtoffers.'
'En wat is dat?'
'Van Achterdiep had geen leidingwater in zijn longen.'
De Cock reageerde verrast.
'Wat dan?'
Vledder grijnsde.
'Vuil, vies, grachtenwater.'
'Dan heeft de moordenaar een fase overgeslagen en het lichaam

van Van Achterdiep in bedwelmde toestand – dus nog in leven – in de gracht gemieterd.'
'Maar dan vraag ik me toch af,' vroeg Vledder met wanhoop in zijn stem, 'hoe de moordenaar zijn slachtoffers in zijn greep krijgt. Waar bedwelmt hij ze, en waarom dat malle gedoe met die gevouwen handen en vastgelijmde vingers?'
De Cock beet even op zijn onderlip.
'Ik hoop op die vragen van jou vandaag een afdoend antwoord te vinden.'
'Vandaag?'
De Cock knikte.
'Ik wacht op een telefoontje.'
'Van wie?'
'Van de vierde man.'
Vledder fronste zijn wenkbrauwen.
'Heb je weer met hem afgesproken?'
'Peter Freedestein bevindt zich op dit moment in het hoofdbureau van politie. Hij krijgt daar van onze technische dienst een apparaatje voor de binnenzak van zijn colbert. Hij hoeft er maar even met zijn vuist tegen te drukken en er gaat op onze gsm een alarm af.'
'Waarom een alarm?' vroeg Vledder.
De Cock maakte een afwerend gebaar.
'Dat zul je wel zien. Ik heb ook Appie Keizer en Fred Prins ingeschakeld. Appie verschijnt in zijn karakteristieke vermomming in de Oude Hoogstraat en Fred Prins bewaakt de Kloveniersburgwal.'
Vledder keek hem niet-begrijpend aan.
'Kloveniersburgwal... wat moet Fred Prins op de Kloveniersburgwal?'
De Cock zuchtte.
'Het woongedeelte achter het sigarenwinkeltje van Arnold van Heusden is veel groter en veel uitgebreider dan ik vermoedde. Er is, zo bleek mij vanmiddag, zelfs een ingang aan de Kloveniersburgwal. En die ingang, of uitgang, zo je wilt, gaat Fred Prins bewaken.'
'Ben je daar gaan kijken?'

De Cock schudde zijn hoofd.
'Ik heb via het kadaster de eigenaar van het pand gevonden en die heeft me een plattegrond laten brengen.'
Vledder keek hem met grote ogen aan.
'En wat doen wij?'
De Cock glimlachte.
'In de Oude Hoogstraat op een eerste etage,' legde hij uit, 'woont een man die ik een paar jaar geleden niet ín de bajes, maar juist úít de gevangenis heb weten te krijgen door te bewijzen dat de aanklacht tegen hem vals was. Zijn woning mogen we als observatiepost gebruiken.'
'Observatie waarvan?'
De Cock spreidde zijn handen.
'De overkant, daar is het sigarenwinkeltje van Arnold van Heusden.'

Ze hadden het licht in de voorkamer uitgedaan. Vanuit het duister keken ze naar de overkant van de straat naar de deur van de sigarenzaak. Er was nog vrij veel verkeer in de Oude Hoogstraat. Het feit dat hun uitzicht zo nu en dan werd belemmerd door voorbijrijdende vrachtauto's, maakte De Cock wat nerveus. Hij schoof de mouw van zijn oude regenjas iets terug en keek naar zijn horloge. Het was te donker in de kamer om de tijd waar te nemen.
De oude rechercheur voelde hoe de spanning bezit van hem nam. Zijn hart bonkte in een hoog tempo en een ader pulseerde in zijn hals. Hij besefte dat het misschien niet goed was voor iemand van zijn leeftijd, maar hij kende de verslaving van deze momenten.
De gsm in de binnenzak van zijn regenjas kraakte. De stem van Appie Keizer kwam door.
'Er belt een man aan. Volgens mij is hij de man die jij bedoelt. Het signalement klopt.'
Het was even stil.
'De deur,' ging Appie Keizer verder, 'wordt opengedaan en de man gaat naar binnen.'
Vledder stootte De Cock in zijn zij. 'En nu?'

'Wachten op het alarm.'
'Hoelang kan dat duren?'
'Geen idee.'
'Op welk moment slaat die vierde man alarm?'
De Cock zuchtte.
'Wanneer een drankje voor hem wordt neergezet.'
'Een drankje?'
De Cock knikte.
'Met bedwelmend geehaabee.'
'Door wie?'
De Cock antwoordde niet, omdat op dat moment het alarm afging. Ze verlieten haastig de donkere kamer, daalden snel de trap af en renden tussen het verkeer door naar de overkant. De Cock had de juiste sleutelbaard al in zijn hand en binnen enkele seconden had hij de winkeldeur van het slot. Hij duwde Vledder aan zijn schouder.
'Ga jij maar voor en pak het klaargezette drankje. Dat is een belangrijk bewijs.'
Vledder stapte voor hem de winkel binnen.
Op dat moment rinkelde de deurbel.
Het hart van De Cock stond een moment stil. In zijn planning was hij die deurbel vergeten.
Achter in de zaak keek een man om de hoek en vluchtte. Vledder rende achter hem aan.
In de ruimte achter de winkel zat een man op een stoel. Voor hem op tafel lag een omgeworpen glas... rode vloeistof drupte van de tafel op de vloer.
Vledder rende verder achter de vluchtende man aan. Via de open achterdeur bereikte hij de Kloveniersburgwal. Op het trottoir lag Fred Prins boven op een man. Vledder hurkte bij hem neer en keek daarna omhoog naar de toegesnelde De Cock.
In de ogen van de jonge rechercheur glansde verbazing.
'Het is Arnold van Heusden.'
De Cock knikte.
'Een drievoudige moordenaar, met een geloofsovertuiging.'

15

De dingdong in de gang klonk nog een beetje na. De Cock deed de deur van zijn woning open. Voor hem op de stoep stond Vledder, met naast zich een stralende Adelheid van Buuren. In haar linkerhand hield ze een fraai boeket bloemen. Ze knikte breed glimlachend zijwaarts met haar hoofd in de richting van Vledder.
'Ik weet dat Dick er een gewoonte van heeft gemaakt om voor uw lieve vrouw een bloemetje mee te nemen. Die gewoonte neem ik van hem over.'
De Cock speelde verlegenheid, deed een stap opzij en liet hen binnen.
Vledder bleef even staan. Het viel hem ineens op hoe vermoeid en oud zijn collega was. Voor hem in de deuropening zag hij het beeld van een bejaarde man. Het schoot hem door het hoofd hoe vaak hij al voor dit soort avondjes bij De Cock op bezoek was geweest. Altijd met een fraai boeket voor zijn vrouw, meestal rozen. Het ontroerde hem even. Toch, die ouwe had talent, vanavond zou hij zijn bezoekers weer uit de doeken doen hoe hij deze laatste zaak had opgelost. Met aandacht en bewondering zou Vledder luisteren. Vertederd sloeg hij even zijn arm om het middel van Adelheid en duwde haar voorzichtig de hal in.
'Zijn de anderen er al?' vroeg hij toen.
De Cock knikte.
'Fred Prins en Appie Keizer hebben het hoogste woord. Ze overstelpen mijn vrouw met bloedstollende verhalen.'
'Leugens?'
'Beslist.'
Ze stapten de woonkamer in. Mevrouw De Cock kwam onmiddellijk overeind en schudde Adelheid en Dick de hand. Met een gebaar van verrukking nam ze het fraaie boeket bloemen in ontvangst. Daarna wuifde ze uitnodigend naar een paar diepe fauteuils.
'Gaan jullie lekker zitten, dan zorg ik snel voor de bloemen.'

Vledder knikte en glimlachte naar de anderen voordat hij in de fauteuil naast Adelheid ging zitten. Hij wist niet waarom, maar hij voelde iets van weemoed vanavond. Hij legde zijn hand op die van zijn vriendin en keek nog eens de kring rond.
Fred Prins had gewacht tot ze compleet waren maar kon niet langer wachten. Hij schoot ongeduldig naar voren en vroeg: 'De Cock, wat ging er gisteravond fout?'
De oude rechercheur liet zich in zijn stoel achterover zakken en hield uit schaamte zijn rechterhand voor zijn gezicht.
'De fout schuilde weer in een kleine onachtzaamheid,' sprak hij verontschuldigend. 'Hoelang ik ook in dit vak zit, hoe vaak ik jullie het belang van details uitleg, nu had ik zelf een kleinigheid over het hoofd gezien. Ik vergat dat in de meeste winkels een belcontact onder de voormat ligt. Dat ging af toen Vledder die sigarenzaak binnen stapte. Het verrassingselement was weg. Arnold van Heusden zag ons binnenkomen. Hij vluchtte, maar wierp eerst het glas met het door hem samengestelde drankje om.'
'Weg bewijs?'
De Cock schudde zijn hoofd.
'We konden achteraf nog genoeg vloeistof redden om te bewijzen dat het GHB bevatte.'
Appie Keizer keek naar De Cock.
'Ik kende die Van Heusden. Ik kwam wel eens bij hem in de zaak. Wilde hij die bezoeker ombrengen?'
De oude rechercheur stak vermoeid zijn hand op.
'Voor ik uitleg geef... laten we een traditie in ere houden.'
Hij pakte de fles cognac Napoleon, die hij speciaal voor dergelijke gelegenheden in voorraad hield, en vulde ruim de bodem van diepbolle, voorverwarmde glazen. Hij reikte die zijn vrienden aan. Daarna ging hij rechtop zitten en hield zijn glas plechtig omhoog.
'Een toost,' sprak hij ernstig, 'een toost op mijn vriend Smalle Lowietje, die mij na een reeks dwalingen eindelijk in de goede richting stuurde.'
Vledder lachte.
'Naar de IJsselsteinse Bank.'
De Cock knikte.

'Naar een afdeling van die bank waar ruim drie jaar geleden vier mannen werkten die een loterijclubje hadden en maandelijks een klein bedrag stortten voor het kopen van loten. Het waren Victor Handgraaf, de boekhouder en leider van het clubje, Derek van Achterdiep, Cornelis Grijpskerk en als vierde Peter Freedestein. Maar,' hier zweeg De Cock even en keek de kring rond, 'daar werkte nog een vijfde man. Let wel, ook deelnemer aan datzelfde loterijclubje: Arnold van Heusden. Op het moment dat op een van de door het clubje aangekochte loten een gigantische prijs viel, de zogenaamde jackpot, was Van Heusden ziek. Hij zat overspannen thuis. Het werk op de bank viel hem zwaar, bovendien was zijn enige dochter ernstig ziek. Volgens Peter Freedestein, die ik gisteren nog eens uitgebreid heb verhoord, stelde Victor Handgraaf voor om de al enige tijd op de bank afwezige Arnold van Heusden niet in de prijs te laten meedelen. De anderen stemden daar zonder enig voorbehoud mee in.'

Vledder glimlachte.

'Ha, Arnold van Heusden werd misgekleund.'

De Cock sprak verder en genoot van zijn aandachtige gehoor.

'Toen Van Heusden na zijn periode van ziekte op de bank terugkwam, bemerkte hij dat zijn vier collega's ontslag hadden genomen en een profijtelijke Handgraaf Foundation hadden gesticht. Onder het personeel van de bank ging het gerucht dat de Foundation was opgericht met geld van een gewonnen loterijprijs. Toen Van Heusden vroeg naar zijn deel van die prijs, zeiden de lieden van de Foundation dat hij, Arnold van Heusden, nooit lid van het loterijclubje was geweest.'

Adelheid van Buuren reageerde fel.

'Wat een rotstreek!'

'Inderdaad, een pure rotstreek. Van Heusden begreep dat hij zijn aanspraken op een deel van het loterijgeld niet kon bewijzen. Er was geen enkele vorm van administratie, en regels voor de loterijclub waren nooit vastgelegd. Ook de namen van de deelnemers stonden nergens genoteerd. Toen Arnold van Heusden van een vriend voor weinig geld het sigarenwinkeltje aan de Oude Hoogstraat kon overnemen, nam hij ontslag bij de bank.'

Fred Prins fronste zijn wenkbrauwen.
'Hij liet de zaak verder rusten?'
Het gezicht van De Cock versomberde.
'Tot bij zijn dochter een tumor in de lever werd geconstateerd. Een zeer kwaadaardige tumor, met een omvang van meer dan vijf centimeter. Van Heusden kreeg te horen dat zo'n grote tumor niet meer door een operatie was te verwijderen. Met andere woorden: zijn dochter was ten dode opgeschreven.'
De Cock zweeg even en nam een slok van zijn cognac.
'Op een dag ontdekte Arnold van Heusden dat het een bekwaam chirurg in een peperdure kliniek in Amerika was gelukt om met succes bij een mens een tumor van een omvang van zesenhalve centimeter uit de lever te verwijderen. Omdat aan die operatie ook een lange tijd van toezicht en revalidatie was gekoppeld, kon Van Heusden dat financieel natuurlijk niet opbrengen.'
Vledder knikte.
'Ik begrijp het. Hij stapte naar de directeuren van de Handgraaf Foundation en smeekte hun zijn dochter te redden.'
Adelheid van Buuren steunde en sloeg geëmotioneerd haar hand voor haar gezicht.
'Ooo... ze weigerden?'
De Cock liet zijn hoofd zakken.
'Toen zijn dochter na enkele maanden aan de tumor overleed, besloot Van Heusden wraak te nemen.'
De oude rechercheur nam een kleine pauze.
'Van zijn vroegere directe chef bij de IJsselsteinse Bank,' ging hij verder, 'heb ik gehoord dat Arnold van Heusden bekendstond als een zeer gelovig man. Vermoedelijk is uit dat geloof het denkbeeld ontstaan dat de zondaren die naar zijn overtuiging voor de dood van zijn enige dochter verantwoordelijk waren, God nog in hun dood zouden moeten bidden om genade.'
Vledder zuchtte.
'De dood in gebed.'
'Dat zeg je mooi, Dick,' reageerde De Cock, 'maar de gevouwen handen met de gelijmde vingers berustten ook op praktische overwegingen. De lichamen van Handgraaf en Cornelis Grijps-

kerk legde hij na de bedwelming in zijn eigen bad, dat hij vulde met leidingwater. Daar liet hij ze verdrinken. Van Heusden wist niet precies hoelang de bedwelming van zijn slachtoffers zou duren. Met vastgelijmde handen en vastgebonden schoenveters zouden ze... als ze eventueel te snel uit hun bedwelming zouden ontwaken, toch niet aan de dood kunnen ontsnappen.'

Vledder zwaaide met een gestrekte arm om aandacht te vragen.

'Waarom wilde Arnold van Heusden ook Freedestein ombrengen? Hij had hem toch niet om geld gevraagd?'

De Cock zuchtte. De lange uiteenzetting vermoeide hem.

'Peter Freedestein,' legde hij uit, 'bleek bereid om Van Heusden te bellen en hem te zeggen dat hij wist dat hij de moorden had gepleegd, en waarom.'

Vledder knikte begrijpend.

'Juist, want die bereidheid was door de heilige hermandad in de persoonlijke vorm van De Cock afgedwongen.' Hij grinnikte en trok zijn gezicht in een waarderende grijns. Dit was zijn oude leermeester in optima forma. Zo wilde hij ook worden.

De Cock ging door.

'Dat was voor Arnold van Heusden de reden om Peter Freedestein bij hem thuis voor een drankje uit te nodigen.'

'Met voor Van Heusden de verrassing van nog een stel ongenode gasten en een einde met zijn gezicht op de stoeptegels,' zei Fred Prins lachend.

De Cock keek ernstig en schonk nog eens in. Hij had zijn uitleg gegeven.

Vledder fluisterde zijn vriendin toe: 'Denkwerk, Adelheid, combineren en deduceren, zo word je groot in dit vak.'

'Dat gaat jou wel lukken, Dick,' antwoordde ze met een liefdevolle blik.

Ze mengden zich in het gesprek met de anderen en de onderwerpen werden algemener. De gruwelijke moorden zakten wat naar de achtergrond.

Mevrouw De Cock kwam uit de keuken met schalen vol lekkernijen.

'Misdaad loont!' riep Appie Keizer haar toe.

Het was al vrij laat toen alle gasten waren vertrokken.
Mevrouw De Cock schoof een poef bij en ging voor de fauteuil van haar man zitten.
'Ik heb vanavond gewacht tot iemand het zou vragen.'
'Wat?'
'Volgens mij klopt het niet.'
'Wat klopt niet?'
'Van Heusden kan die moorden nooit alleen hebben gepleegd. Hij moet hulp hebben gehad. Het kan niet anders. Ga maar na... het slepen van die lichamen en ze in het bad met leidingwater tillen, daarna de doden weer uit dat bad hijsen, het vervoer van de lijken naar de Keizersgracht... dat kan hij toch nooit alleen hebben gedaan? Dat moet jij toch ook begrijpen.'
De Cock haalde achteloos zijn schouders op.
'Arnold van Heusden zegt van wel. Hij zei: *Ik deed het alleen en dat hou ik tot mijn dood toe vol.*'
'En jij gelooft hem?'
De Cock antwoordde niet direct.
'Ik heb aan de hulp van zijn vrouw gedacht. Die woont in een bescheiden tuinhuisje aan de rand van de stad. Ik heb zelfs aan Laurens van der Dungen gedacht. Zijn Willemijn zou hem voor die hulp dankbaar zijn geweest.'
'En?'
De Cock zuchtte.
'Ik laat het maar zo.'
'Komt de officier van justitie niet op het idee van enige hulp?'
De Cock streek haar liefkozend over haar haren.
'Zoveel schranderheid moet je bij justitie niet verwachten.'

De volgende boeken van Baantjer zijn bij De Fontein verschenen:

1 De Cock en een strop voor Bobby
2 De Cock en de wurger op zondag
3 De Cock en het lijk in de kerstnacht
4 De Cock en de moord op Anna Bentveld
5 De Cock en het sombere naakt
6 De Cock en de dode harlekijn
7 De Cock en de treurende kater
8 De Cock en de ontgoochelde dode
9 De Cock en de zorgvuldige moordenaar
10 De Cock en de romance in moord
11 De Cock en de stervende wandelaar
12 De Cock en het lijk aan de kerkmuur
13 De Cock en de dansende dood
14 De Cock en de naakte juffer
15 De Cock en de broeders van de zachte dood
16 De Cock en het dodelijk akkoord
17 De Cock en de moord in seance
18 De Cock en de moord in extase
19 De Cock en de smekende dood
20 De Cock en de ganzen van de dood
21 De Cock en de moord op melodie
22 De Cock en de dood van een clown
23 De Cock en een variant op moord
24 De Cock en moord op termijn
25 De Cock en moord op de Bloedberg
26 De Cock en de dode minnaars
27 De Cock en het masker van de dood
28 De Cock en het lijk op retour
29 De Cock en moord in brons
30 De Cock en een dodelijke dreiging
31 De Cock en moord eerste klasse
32 De Cock en de bloedwraak
33 De Cock en moord à la carte
34 De Cock en moord in beeld
35 De Cock en danse macabre
36 De Cock en een duivels komplot
37 De Cock en de ontluisterende dood
38 De Cock en het duel in de nacht
39 De Cock en de dood van een profeet
40 De Cock en kogels voor een bruid
41 De Cock en de dode meesters
42 De Cock en de sluimerende dood
43 De Cock en 't wassend kwaad
44 De Cock en het roodzijden nachthemd
45 De Cock en moord bij maanlicht
46 De Cock en de geur van rottend hout
47 De Cock en een dodelijk rendez-vous
48 De Cock en tranen aan de Leie
49 De Cock en het lijk op drift
50 De Cock en de onsterfelijke dood
51 De Cock en de dood in antiek
52 De Cock en een deal met de duivel
53 De Cock en dood door hamerslag
54 De Cock en de dwaze maagden
55 De Cock en de dode tempeliers
56 De Cock en de blijde Bacchus
57 De Cock en moord op bestelling
58 De Cock en de dood van de Helende Meesters
59 De Cock en moord in reclame
60 De Cock en geen excuus voor moord
61 De Cock en de gebrandmerkte doden
62 De Cock en een veld papavers
63 De Cock en de broeders van de haat
64 De Cock en de dood van een kunstenaar
65 De Cock en de dartele weduwe
66 De Cock en moord in triplo
67 De Cock en een recept voor moord
68 De Cock en de wortel van het kwaad
69 De Cock en moord in de hondsdagen
70 De Cock en de dood in gebed